ホップ！ステ――ップ！ピンク！

山本雪乃ができるまで

はじめに

はじめまして、テレビ朝日アナウンサーの山本雪乃です。

この本を手に取ってくださり、本当にありがとうございます！

現在テレビ朝日の朝の情報番組『グッド！モーニング』でエンタメコーナーを担当していて、ピンクのジャケットを着ているアナウンサーとして知ってくださっている方もいるかもしれません。


テレビ朝日に入社して丸10年。『グッド！モーニング』について2年半。この2年半は私にとってご褒美タイムです。ありがたいことにたくさんの刺激をもらえる毎日で、アナウンサーとして働ける喜びを日々噛み締めています。

それでも、「結婚は？　出産は？」と聞かれる32歳の今。

父や母、兄たちも、家族は私の生き方に対して内心どう思っているかわかりません。

父はバージンロードを歩きたいかもしれないし、母は私の子育てを手伝いたいかもしれない。

若くして家庭を築いてきたふたりには、私の人生はどう映っているでしょうか。ふたりの歳の重ね方とはまったく違いますし、ずっとひとりかもしれません。口にはしないけれど、少し心配していることでしょう。

だから、この本で伝わるといいなと思っています。

こんなにもたくさんの素敵な人に囲まれて、私は今贅沢なくらい幸せですと。

思いがけない職業について、家族は家族なりに私の仕事ぶりに過敏になったこともあったと思いますし、気を遣ってくれていました。

この先のことはわかりませんが、それでもこの職業を選び、つづけてきて良かったと示したいです。家族が誇らしいと思える私でいることが、ここまで育ててもらった恩返しだと思っています。

結婚式で花嫁が読む両親への手紙のような、くさい記述も出てきますが、本番があるかわからないので、ひとまずここで伝えさせてください（笑）。

自分が本を出すことになるなんて。今でも信じられませんし、「調子に乗っている！女子アナのくせに」という言葉が聞こえてきそうで、少し不安もあります。

部長から「雪乃さんに本の依頼が来ています」と言われた瞬間、「誰が買うねん！

人違いやろ！」とエセ関西弁が出そうになりました。

臆病な私は、「んー、売れないかもしれないし、生意気に思われるかもしれないし」と一回考えさせてもらうことに。いや、そのほうが何倍もうぬぼれですね。

母に電話で伝えると、今までにないほど嬉しそうな声が聞こえてきました。

「ええがー!!　すごいがー!!」

本当は自分もめちゃくちゃ嬉しいのに、素直になれなかったんです。

でも母の声を聞いて、こんな親孝行とご褒美はないと、ありがたく書かせていただくことになりました。

ワニブックスさんとの初めての打ち合わせで、『グッド！モーニング』での仕事ぶりを見て依頼してくださったことがわかり、ぜひ一緒に本を作らせていただきたいと、慣れない執筆をスタートさせました。


ちなみにタイトルは、自分で決めさせてもらいました。

「ホップ・ステップ・ジャンプ」ではなく、「ホップ・ステ――――ップ・ピンク」。

運良くホップして、アナウンサーになれたと思ったら、２歩目は想像以上に長かったステ――――ップでした。でも「――――」なくして今の私はありません。

10年働いていたら、ジャンプはできなかったけれど、〝ピンク〟になっていました。人気アナウンサーでもない私がこうして本を出せるのは、まぎれもなく〝ピンク〟のおかげです。そんな思いも込めてこのタイトルにしました。

いわゆる「女子アナ」は、世間から必ずしも好かれる人種ではありません。そんな私たちもひとりの人間であり、会社員で、人並みに理想と現実のギャップに打ちのめされ、もがいています。

宝くじに当たるような確率でつかみ取ったこの職業が、こんなにも自分を苦しめるのかと思うこともありました。

5、6年前の自分は、「ここまでだな」と、アナウンサー人生の終わり方を考えていました。華もないのに、実力もない。存在感もなくて、せっかくテレビ朝日のアナウンサーになれたのに、テレビでの仕事ぶりをほんの少ししか家族に見せられない。

胸を張って「テレビ朝日のアナウンサーです」と言えない自分がいました。「まぁ、オンエアに出ていなくても、固定のお給料もらえるんだし、いいじゃないか！」と、本当の気持ちにフタをして、先輩や後輩の活躍をまっすぐ見られなかったこともあります。

それでも、私がなんとかやってこられたのは、やはり周りの人の存在があったからでした。仕事で出会った人たちからいただいた言葉。そばにいてくれた家族や親友がくれた言葉。今の私を作り、支えてくれるのは、私にはもったいないほどの素敵な人と言葉です。

そして「くすぶり、もがいてきた」自分がいたから。

自分のことをどんどん発信できる時代になりましたが、嬉しいこともつらいことも、身近な人たちがわかってくれていたら、それでいいと思っています。

だからなかなか人に言えないことを打ち明けたり、気兼ねなく話せたりする人との出会いは私にとって何よりも価値があります。

この本では少しだけそんな自分を出してみました。

応援してくださる方が求めてくれるキャラクターでいたい自分としては、少し怖いところもありますが、より知っていただけるいい機会だとも思っています。

「あんなことがあって良かった」、「あれがあったから今がある」――。

この先も今まで経験したことのないつらいことも悲しいことも起きるでしょうし、「これも人生じゃん」なんて言葉で片付けられないこともあると思います。

そんな時に、周りを見渡せば自分にはこんなにも助けてくれる人がいるのだと感じられるような一冊になれれば、乗り越え方も変わる気がしています。

この本は、東京に住む32歳の女が、「私の周りにはこんな素敵な人がいて、こんな素敵な言葉をもらって、私って幸せ者でしょ！」と自慢している一冊でもあります。でもその中の、黒い部分やひねくれた性格など、うごめく心の機微に共感してもらえたら、嬉しいです。

私は「自分が自分に生まれて良かった」と、少しでも思えるような捉え方や考え方、それが必ずしも正しい解釈じゃなくても、そうやって合理化させてきました。

これはこの本を書いて知った自分の一面です。

私ごときおこがましいですが、自分自身に自信がなくても、周りに目を向けると「あぁ、自分で良かった」と思えることがきっとあると思います。

読んでくださった方にそんな気持ちが伝われればなと、ひっそりと願っております。

このように拙い文章でもあります。が、どうか温かい目で読んでいただけますと幸いです。

CONTENTS

目次

第２章

岡山で生まれ、東京に憧れ

第３章

大抜擢！…大号泣！

第4章

『モーニングショー』で、もがいたでしょー！

第5章

飾らず、嫌がらず、偉ぶらず

対談

フリーアナウンサー 羽鳥慎一 × テレビ朝日アナウンサー 山本雪乃

奇跡のご褒美対談！

呼んだら来てくれた！

第６章

山本雪乃はこんな人です。

CONTENTS

第７章

ジャンプ？ ううん、ピンク！！！

CONTENTS

第1章

アナウンサーになれ…た？

HOP!
STEEEEEP!
PINK!

大好きな祖母に導かれて

大学2年の終わりだった。「あんた、就職どうするん?」、唐突に母に聞かれた。恥ずかしいことに、何も考えていなかった。

いい大学に行かせてもらって、ただ授業を受ける。将来を見据えたことを何もしていなかった。「早稲田大学卒」を学費で買ってもらっただけに思えて、本当にあきれる。

そんな私に母がふとこんなことを言った。

「素子がよく、『雪ちゃん、アナウンサーになりなさい』って言っとったよなぁ」

素子とは、母の母。私の最愛の祖母である。祖母は私が高校3年生の時に肝臓がんで他界した。ぽっちゃりしていたが、昔は草笛光子さんに似た美人だったらしい。

確かに、祖母が電話越しにそんなことを言っていたのを、うっすら覚えている。書道もできて、お花もできて、厳しさも優しさも兼ね備えていた祖母。

きちっとした女性アナウンサーが好きだったのかもしれない。

まさか祖母の言葉が道標になるなんて、天国で驚いているだろう。

生きていたら……そんなことは今でもしょっちゅう思う。

大好きな祖母が残した言葉。その道標に最初に導かれたのは母だった。

当人はまるでぼーっとしていた。

大好きな祖母と手をつないで。後ろにはかっこいい祖父。

「雪ちゃん、アナウンサーになりなさい」

「TBSのアナウンススクールの説明会があるから行ってみたら?」

母が調べてきた。

「えー、恥ずかしいからいい」

「無料よ!」

「無料? しかもTBSの本社であるの? じゃあ行く」

子どもの頃大好きだった『金八先生』も『花より男子』もTBSのドラマだ! ミーハー心に火がついた。

さて、何を着て行こう。

ヒョウ柄のニットに、ビリビリに破けた黒のスキニーパンツ。靴は8センチくらいのヒールのブーツ。

髪の色は金寄りの茶。ロングヘアをお団子にして、黒いカチューシャでオールバックにした。その時一番好きだったコーディネートだ。

ＴＢＳの会議室に着いて、震えた。私はとんでもない格好で来てしまったようだ。

パステルカラーに囲まれた私は、「ここは自分の来る場所じゃなかった」と、着いたばかりなのに帰りたくなった。

帰宅すると電話が来た。アナウンススクールからだった。

「どうでしたか？　ぜひ通ってみませんか？」

あちらもビジネスだ。全員にかけていただろうに、「わざわざ電話くれた！　嬉しい！」なんて思った単純なヒョウ柄女は、その場で通うことを決めた。

真面目なことを言うと、大学生のうちに何かひとつでも頑張ったと言えるものが欲しかった。それに出会えた気もしていた。

それまではカレー屋さんで働いていたが、ちょうどそこを辞めて六本木のチョコレート屋さんでアルバイトし始めていた。

ちなみに、そのお店は当時テレビ朝日の真ん前にあって、よく「テレビ朝日様」と領収書を書いていた。まさかそこに就職することになるとは。

アナウンススクールの学費はそのバイト代で工面した。

これが「我が就活」

2012年10月、当時キー局で一番早かったTBSのアナウンサー試験を受けたが、カメラテストまで進んで落ちた。

その時、母は思っていたらしい。

「落ちるのが当たり前なのに、この子意外と落ち込むなぁ。慰めるの、面倒くさいなぁ」

ひどい話だ!!! でも冷静な母らしくて笑える。

大学3年生の秋、初めての就職活動に撃沈した。

「アナウンサーなんて無理無理! やーめた!」

勝負事が嫌いな私は、逃げようとした。

「雪乃、完全燃焼してないでしょ? 完全燃焼しようよ!」

同じものを目指すライバルでもあるのに、こんなことを言ってくれる友人がいた。

彼女のすすめでテレビ朝日のアナウンススクール「アスク」へ行くことに。

アスクには1年生の時から通っている人も多く、こんなギリギリで来る人は少数だったと

エントリーシートの写真。
今も実家の台所に飾られています。

思う。3、4回ほどしか授業は受けられなかったが、れっきとしたアスク生となった。

知らない人ばかりの空間。それでも「元を取りたい」というケチな精神で自習室に入り浸った。

TBSの試験から少し期間が空いて、それなりに試験のことも振り返って、自分を見つめ直して……金髪にした。

「……」でなんとか帳尻を合わせようとしたが、誤解のないように説明しなければ。

当時の私にとって、「自分を取り戻す」ことは、髪を染めることだった。

初めてのアナウンサー試験では、清楚なワンピースを着て臨んだ。

「アナウンサーってこんな感じだよね」と、寄せた。

いくら外側を整えても内側は変えられないわけだが、それでも多少引っ張られた。

自分を見失って、「受かりたい」「内定が欲しい」という気持ちだけがどんどん大きくなっていく。

もちろんそれが落ちた理由だとは思っていないが、本当の自分を見せられなかったことへの不完全燃焼感は残った。自分を見せていたら受かるわけではない。

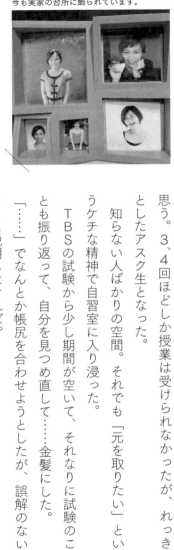

ただ就職活動とはこういうものなんだと知った。

友人からかけてもらった「完全燃焼」という言葉が胸に残りつづけていた。受けるのはタダだから、とりあえずこの先も受けてみよう。

テレビ局にはキー局、準キー局、ローカル局があり、アスクにはそれら全部を受けて〝アナウンサー〟という職業を目指す人が多い。

その環境下で自分は本当にアナウンサーになりたいのか、悩んだ時期があった。

そんな時、母の言葉にハッとした。

「どこか知らない街に行ってまでアナウンサーになりたいの？」

私の東京への憧れを誰よりも知っている母。そこでやっと自分なりの軸が決まった。

就活の軸は「東京」。おかげでそこからの就職活動はある意味スムーズだった。

「東京にいる」ことを条件に、テレビ局だけではなく、広告、食品、アパレルなど、有名どころに限らず、第一条件として「転勤のない会社」に目をつけ、エントリーを開始した。

さまざまな職種の企業が集まる合同説明会にも何度も行った。アスクの友人には不思議がられたが、これが「我が就活だ！」と謎の自信を持っていた。

“特技”で“スベる”

そうこうしているうちに、テレビ朝日の採用試験が始まった。

当時金髪ショートボブだった私は、暗めの色にして、「かわいい和田アキ子さん」と愛称を付けられるほど前髪までかなり短くした。

ストレス発散で髪を染めていたのだが、「切る」に移行したら必然的にベリーショートになった。まさかの、このストレス発散法が味方した。

1次面接で「髪が短いですね」と触れてもらったのだ。時事問題などの話を振られる可能性を考えたら、絶対に話せる自分のことを聞いてもらうのはかなりラッキー。

そこまでは良かった。難しい質問もなく落ち着いて話せた。

しかし油断した次の瞬間。

「一発ギャグが特技なんですか？　今できますか？」

面接官だった下平さやかアナが優しい笑顔で言った。

エントリーシートを書いた時の自分を恨んだ。

「一発ギャグが特技なんですか？今できますか？」

なんの特技もなく生きてきたため、特技の欄には毎回頭を抱えた。当時お笑い芸人のオジンオズボーンさんにはまっていた

私は、友達の前でしかやったことがない「一発ギャグ」と書いてしまったのだ。

「やるしかない！」

オジンオズボーンの篠宮暁さんがやっていた、体をリズミカルに叩くギャグを少しアレンジしたものを披露した。パクリである上に完成度も低い。篠宮さんにも申し訳ないほど面白くなかったと思う。

「終わりですか？」

どこで笑うかわからなかった人が口にするセリフを、これまた優しい笑顔で言われた。

「一発ギャグが特技なんですか？」——この身の毛もよだつ問いかけを、もう一度聞くことになるとは……。それについては後ほど書くことにする。

大スベりした1次面接だったが、試験は無事〝スベる〟ことなく進んだ。2次以降の面接でも下手なりに原稿を読んでみたり、頼まれてもいないのに突然焼き鳥のエア食リポを自らやってみたりと、今思うとだいぶ強心臓ぶりを発揮した。

「どうせ受からないのだから、のびのびやろう」というやけくそなところもあった。そしてカメラテストまで進むと、すでに顔なじみになっていた女の子たちが残っていた。みんなかわいくて、スタイルが良くて、〝特技〟もあって、まぶしかった。

「ここまでか」

ため息と充足感が入り混じった。

「カメラテストの順番は受かる可能性の低い順らしいぞ」という都市伝説がそんな気持ちを後押しした。なぜならトップバッターは私だったのだ。

都市伝説からいくと、「1番受からない人」は私。

「1番受からない人」は思った。失うものはない。

いざスタジオに入ると、都市伝説のおかげかそんなに緊張しなかった。一問一答で「緊張しない方法は?」と聞かれ、咄嗟《とっさ》に「死なないと思う」と答えた。まさに、失うもののない「1番受からない人」は無敵だった。

アナウンサー体験のようなものに挑戦し、最後は〝天の声〟からの質問に答えるスタイルになった。

「一発ギャグが特技なんですか? やってもらえますか?」——そう、1次面接でも聞かれたはずの質問に焦る私。でも、もっと驚いたのはその声の主だ。下平さんだった。

「1次と同じものはできないぞ、雪乃!」、リトル雪乃がささやいた。下平さんは私の〝勇気〟をほかの面接官にも見せようと思ってくれたのではないかと、勝手に推測する。

今回このことを書くにあたり、記憶違いがあってはいけないと、思い切って本人に確認することに。12年も前の話、「覚えていない」と言われても仕方ないと心の準備はしていた。

「実は、下平さんが1次試験の面接官で……」と言いかけた私に、下平さんは間髪入れず、「私、カメラテストにもいたのよ」。

下平さんは、記憶をたどることもしなかった。でもそれだけじゃなかった。「一発ギャグ」のことまでばっちり覚えてくれていたのだ。

「1次であなたを見てから、ここ(カメラテスト)まで残ってくれてよかったと思ったの」

12年越しにこんな嬉しい言葉を聞けるなんて思ってもみなかった。

「ギャグが面白い面白くないじゃないからね~! 1次面接の時と同じでも良かったのよ!」「あなたの良いところを引き出してあげたくて」とあの時と同じ優しい笑顔をしていた。

研修中は下平さんの厳しさにくじけそうになったこともあるけれど、ひとつも理不尽なことはなかった。生半可な気持ちではできない職業であり、生ぬるくない世界だとあえて厳しさを持って教えてくれていた。だから、ここまでやってこられた。

テレ朝のアナウンス部を作り、人材を育てていく人としての責任感に、本当に頭が下がる。

「覚えていてくれて本当に嬉しいです」

「あなたがその時着ていた服まで覚えてるわよー！」

この採用が間違っていなかったと思ってもらえているだろうかと少し不安にもなるけれど、あの時から見守られていたんだと思うと、急に心強い（笑）。

下平さんのような“任される”アナウンサーになりたいです。

もちろん当時の私はそんなことはつゆ知らず、「はい、やらせてください！」と男性アナの隣で手拍子を始めた。

スタジオにいる人に、「皆さんも一緒に〜」みたいな目配せをしながら、『となりのトトロ』を歌った。

私ひとりだけの手拍子がスタジオに響いた……が、やってしまった。

サビでボケがくるのに、頭から歌い始めてしまったのだ。

ここは飲み会のあとのカラオケじゃない。シラフの見ず知らずの大人たちがいろんな方向から真顔で私だけを見ている。4拍子を8拍子にしてサビの前まで逃げた。

そして、「くらぇぇぇぇぇ！」という気持ちで「となりのてぃーおーてぃーおーあーるおー」とTOTOROのアルファベットを体全体で力いっぱい表現した。

「一発ギャグ」ではなく、曲の一番を歌い終えた私は初めての体験をする。最上級の無音。それまでも静かだったスタジオが、さらなる静寂に包まれていたのだ。

「そんな中でよくやった！　早く帰ってママに電話で話したい！　笑うだろうな～」

もはやそんなことを考えていた。

そのあともいろんなことを聞かれたが、ここで書けないほどとんでもないことを答えていた。隣の男性アナが「この子大変なこと言ってるぞー」と言わんばかりに身震いする仕草をしていたのを思い出す。

振り返ると、あのカメラテストはそれまでの面接の中で一番等身大だった。

「1番受からない」順番だったからか、いい意味で力が抜けていたのだろう。

激動の最終面接DAY

面白一発ギャグのおかげか（そんなわけはない）、次に進めた私は、再びテレビ朝日に呼ばれた。

「カメラテストで少々失礼なことを言ってしまったかもしれません。すみませんでした」。

そう言うと、人事の方は「学生の立場をわきまえながらも、逃げずに答えたのが良かったという声があった」と教えてくれた。

そしてこんな言葉ももらった。

「僕たちは山本さんとこの先何十年も仕事をすることになるかもしれません。だから素を見せてください」

何十年も働くかもしれない場所を選ぶということが生まれて初めてのこと。

私にとってこの言葉は重くもあり、気持ちを軽くもしてくれた。

素を見せてダメなら、この会社は自分とは合わない。そう思えばいい。

テレビ朝日の最終面接の朝。私は札幌テレビの面接を受けていた。

試験を終えて、帰ろうとした時、札幌テレビの人事の男性が話しかけてくれた。

「この後、テレ朝の最終面接だよね？　緊張すると思うし、怖いと思うかもしれないけど、役員たちは面接に慣れてないだけだからね！　頑張って！」

そんなアドバイスをくれる方がいる札幌テレビ。きっといい会社だろうと思った。

最終面接まで少し時間が空いたので、同じスケジュールで試験を受けていた仲間と、私の家でコンビニのおでんを食べた。

その光景が今でも目に浮かぶ。緊張していてもお腹は減る。余裕に見せていてもお互いの感情が手に取るようにわかる。ライバルだけど心強さもある。

人生の大きな進路が決まるこの瞬間を共に過ごしてくれた彼女は、一生の友達にもなってくれた。そして局は違うがふたりで夢を叶えた。日本テレビの畑下由佳アナ。

会うたびに自己肯定感を上げてくれる、私にとってかけがえのない同志だ。

「今日会える？」で会える親友・由佳。

そんな同志と決戦の場に向かった。互いに健闘を祈り、いざ役員が待つ部屋へ。
5、6人のおじさんを前にあの言葉を思い出す。
「役員たちは面接に慣れてないだけだからね！」

これが嘘か本当かは関係ない。ただ信じた。

「慣れていない者同士ですね！　お互い緊張しますね！」と心の中で握手した。

実際の面接はというと、圧を感じることはまったくなかった。おそらくシンプルに優しかったのだと思う。

「なんの番組がやりたいの？」

強面《こわもて》の役員に聞かれた私は、「『ミュージックステーション』でしょー！」と食い気味で答えた。スピード感なのか言い方なのか、はたまた無理だろ、という気持ちからか、相手の顔が緩んだ。

そこからは、なかなかトリッキーな質問がつづいた。

「右の顔と左の顔どっちが好き？」

「プリ撮る時絶対左に立ちたいんで、左の顔ですね」

左の顔を見せながら自信満々に答えた。

「あなたの友達が失恋をした。あなたはなんて声をかける？」

「何の質問？」とも思ったけれど、そんなこと言えるわけもなく、「相手はほかにもいっぱいいるよと言います」と答えてみたが、なんか弱い気がしてこうつづけた。

「私は縁と運という言葉を大事に生きてきたので、『縁がなかっただけだよ』と声をかけます」

あとで、この質問のことを考えた。

「え、あれってテレビ朝日と私のこと？　私がフラれるってこと？」

そんなこと誰にも言われていないのに、勝手に〝失恋〟して自滅しかけた。

でもいろんな人のおかげで私らしさを伝えることができたと思う。

ただこればっかりはまさに「縁と運」。

「縁」はお互いのものだが、「運」は引き寄せられるものだと思っている。

兄と暮らす家に帰ってすぐ、ペットボトルの分別からごみ捨て、掃除と、家のことをした。

こんな時だけ「神様は見ている」システムを持ち出した。

そしてラジオ局の一般職のエントリーシートも書き始めた。頭の中はテレビ朝日でいっぱいだったけれど、「縁がなかっただけだよ」の気持ちの準備も始めておいた。

たしかエントリーシートの志望動機の欄を書き始めたあたりだった。

「テレビ朝日人事部」というスマホ画面に手が震えた。

「ありがとうございます。ありがとうございます」と繰り返して、肝心のなんと言われたかは覚えていない（笑）。

家族には伝えてもいいということだった。この日が私の人生でピークと言っていいほど大切な日であり、その日のうちに結果が出る可能性があることは家族みんな知っている。

それなのにうちの家族ときたら……。

まず、すぐ電話に出てくれた唯一の家族である父は、とんでもなく喜んだ。

「雪ちゃん、おめでとう!!　すごい！　すごい！」

大きなダミ声で祝福してくれた。

「ママ、電話出んのんじゃけど」と私が言うと、「ママ、るみちゃんと、すっさん行っとるわ」と。るみちゃんとは母の地元の親友。すっさんは、近所のお寿司屋さんの父ならではの呼び名である。

何度かけても電話に出ない母。

「なんのための携帯じゃ！　……てか、娘の一世一代の日！　何お寿司食べに行っとんじゃ！よくわからんけど、お寿司の気分になるの早いわー！　家で電話握りしめとけやーーー！」と、その時はこんなことを思う余裕もなく、無我夢中でお寿司屋さんに電話した。

時効だと許してほしいが、母が電話に出なかったせいで、大将にもるみちゃんにも「雪ちゃん、おめでとう！」と言ってもらうことになったのは言うまでもない。

2番目の兄はジムにいた。「めっちゃ着信来とったから、受かったと思ったわ」と言われた。

いや、もっと興奮せぃ！

「なんのための携帯じゃ！
家で電話握りしめとけや————！」

家族の誰にも期待されていないことがおわかりいただけただろう（笑）。

しかしなぜだかわからないが、上の兄だけが「あんたはなれるよ」と言いつづけていた。それはそれでクレイジーすぎてよくわからない。

「雪乃が頑張ったからだね！」なんて素敵な言葉はかけられていない。頑張れば受かるという試験ではないからこそ、家族みんな、この縁に感謝した。

思い返すと本当に激動の1日だったが、私の人生の中で一番家族を喜ばせることができた日でもあった。同時にすべての運を使い果たした。

内定≠ゴールの現実

まさかの内定をもらい、真っ先に私がしたことはやはり……髪を染めること。根元から数センチをピンクにして、あとは金髪にした。

ある日のこと、アスクにあいさつに行った際、アナウンス部の先輩に会った。

「お前その髪でアナウンス部に行くわけないよな?」

「え、あ、はい」

2日後、内定者としてアナウンス部に顔を出す予定だったのだ。今考えるとゾッとするほどの若気の至り。

「せっかく染めたのに、黒染めも黒スプレーもしたくない! よし、カツラ買いに行こ!」

若気の至りの極みの発想。原宿のゴスロリ屋さんに駆け込み、2500円くらいの黒髪ボブのカツラを買った。

当日、しっかり被り、アナウンス部へあいさつに。

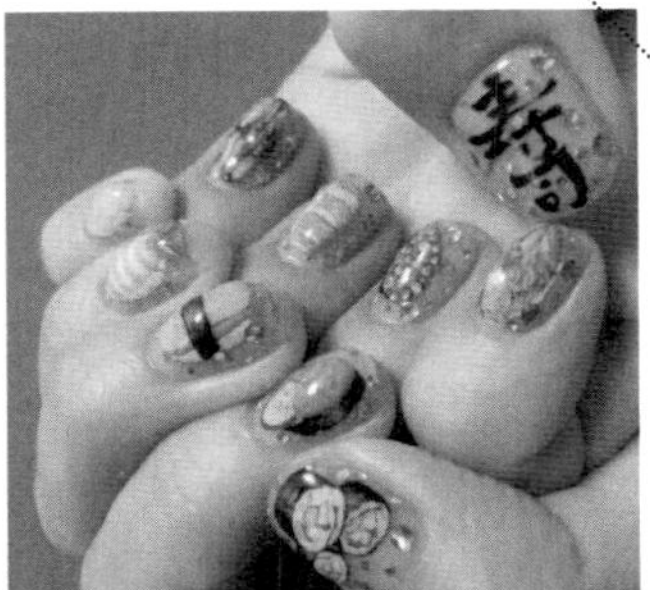

お寿司のネイルでお寿司を食べたくて。

耳の上から数本はみ出た金色の髪に誰かが気づいた。

当時、家族の顔を描いたり、お寿司のネタをボコボコとつけたりとふざけたネイルをしていた。だからおそらく「変な内定者」ということで、怒られることはなかった。

それをいいことに、そのあとの人事部研修にもカツラで行った。社内でも少し広まっていたらしく、別の部署の先輩に直接注意された。今同じことをする後輩がいたら、私も「非常識の世間知らずが入ってきますね」と話していたかもしれない。


入社後、先輩に誘われて別部署の若手の方と何人かで飲みに行った時のこと。

「いまいちだよね〜、人気は出ないだろうな〜、〇〇アナみたいになりそうじゃない?」

みんなお酒も入る中、そこにいた先輩ふたりが笑いながら言う。

「どんだけ上からなんだよ!」と、心底むかついた。

自分には、先輩アナのようなかわいさも美しさもない。わかってはいたけれど、自力で内定を勝ち取ったプライドは傷つけられた。

「いまいちだよね〜、
人気は出ないだろうな〜」

そしてそこで初めて、アナウンサーは会社の中でもこうやって評価され、好き勝手言われる立場なのだと理解した。

今もその先輩方と仕事で会うこともあるが、一生許さない。

ただ、そういう人がいると教えてくれたことには感謝したい。

内定することと、ここから先のアナウンサー人生が約束されること。それはまったくつながるものではなく、入社はシビアな勝負へのエントリーに過ぎなかった。まだ何者でもない奴にデリカシーのないことを言われたが、実はそれが現実でもあったのだ。

「なんで私は受かったんですか？」

入社直前の2月にはＡＮＮ系列のアナウンサーを集めた研修がテレビ朝日で行われる。同期のアナウンサーたちの意欲と、堂々とした姿に圧倒された。「なんでこいつがテレ朝なんだよ」ってみんな思っているだろうなあと、まるで自信がなかった。

元長野朝日放送の松尾まどかアナとしか話せず、縮こまっていた。

「トイレまで一緒に行ってたよ！　雪乃、トイレットペーパー巻き始めるのめっちゃ早いなあって思ったの、覚えてるわー」と、当時一番近くで支えてくれた親友のまどかは、さすが、誰も知らない私を知っていた。

研修の最後の授業でアナウンス部の先輩にはっきりと言われた。

「山本がこの中で一番できない。でもその分、伸びしろはある」

後半部分はフォローの言葉。アナウンス技術でも厳しいラインに立たされていた。

みんなの前で一刀両断された私に、「私のほうができないから！」と言いに来てくれた心優しいあの子のことを、私はずっと忘れない。

そして人事部研修や現場研修を終えた5月から、同期の草薙和輝アナとふたりでの新人研修が始まった。著しく成長することもなく、「卒業制作」という社内の皆さんに見てもらう場でもうまくいかなかった。

「個性」ばかり求め、肝心のアナウンスメントはおざなりになっていた。

髪を染めたり、変わったネイルをしてみたり、そんなことだけで自分を表現してきたから か、自分がどんな人かわからなくなっていたのだ。

研修に少し派手なスーツを着て行って、先輩に注意された。「個性をはき違えるな」と。

「なんで私は受かったんですか？」

当時アナウンサー試験の会場にいた先輩アナに聞いた。

まるで、付き合っているのに「私のこと好きなの？　ねえ！　好きなの？」と彼氏に聞く女の子のよう。「面倒くさいな、こいつ」と思われたことだろう。

今振り返ると、そんなところも含めて「自分」だったと思えるが、当時はどんどん自信が失われていくばかりだった。

「辞めるなら早く辞めたほうがいいよ」

「辞めるなら早く辞めたほうがいいよ」

オンエアを一緒に振り返ってもらっていた先輩に言われたことがある。厳しさというより、むしろ現実を教えてくれる優しさだった気もする。

BSニュースという当時新人が担当する仕事でもミスをして、初対面の〝偉い人〟が、鬼の形相でスタジオに来た。

「これもまともにできなくて、君には何ができるの?」

その人の言う通りだ。アナウンス部に戻っても、「なんでできないんだ」とあきれられた。答えはひとつしかなかった。練習も努力も足りていないから。

私はこの先どうなってしまうのか。自信がなくなるどころか、仕事がなくなる。

「アナウンサーという職業についた」はいいものの、私は「アナウンサーになれるのか」――まるで他人事みたいにそんな疑問が浮かんでいた。

第2章

岡山で生まれ、東京に憧れ

HOP!
STEEEEEP!
PINK!

能天気な末っ子

岡山県岡山市で生まれ、自営業の父と専業主婦の母のもと、３人兄妹の末っ子として育った。母いわく、私はよく寝る子どもで、末っ子あるあるかもしれないが早めから大人と同じ食事をしていたそうだ。そのおかげか、食べ物の好き嫌いはない。

誕生日の１９９１年12月22日に雪が降ったから「雪乃」と名付けられたのだと、今の今まで思っていたし、人にもドヤ顔で言ってきた。

本を書くにあたり、念のため両親に聞いてみたら、同じ言葉を繰り返された。

「冬じゃから」

「冬じゃから」

「冬じゃし、あとは誰でも読める名前！」と母。

父には「『乃』がかわいいじゃろう！　パパ、『乃』がかわいいなあとおもーてなー。舞妓さんみたいじゃがー！　えかろー」と力説された。

「雪」の由来が知りたいんじゃ！　と言っても、また「冬じゃから」が返ってきたので、それ以上聞くのはやめた。３人目ってこんなもんなのか？　このラフな感じが、しっかり遺伝している。

家族思いの父と、家のことならなんでもできる器用な母。

兄ふたりは野球に励み、運動も勉強も比較的得意で、「勉強しなさぃ」と怒られていたのは私だけだった。

ふたりが通っていた中高一貫校に私も進み、敷かれたレールの上を「幸せだなー、楽しいなー」と思いながら歩いてきた。ちなみに、幼稚園受験から始まり、小学校受験、中学受験、大学受験と、すべて追試験か補欠か推薦。いまだに母が「あんたが自力でちゃんと受かったの、アナウンサー試験だけじゃから」と笑ってくる。

とまぁ、そんな感じで家族からするとだいぶ能天気な人で、兄と比べて大きな期待をされたことはない。

高知への家族旅行。お気に入りの家族写真です。

小学1年生の運動会の時に書いた日記にこうあった。

「一番嬉しかったのはお母さんたちが『頑張れ』と言ってくれたことです。私は選手リレーには出られなかったけど、一生懸命頑張ったから、いいや、と思いました」。「いいや」という表現があまりに自分を象徴していて、実は悔しいのに合理化するところも、6歳の時から変わっていない。

両親は人並みに習い事もさせてくれたが、開花する気配もなくつづかなかった。年長さんでバレエを習った時は、家に遊びに来た父の友達が、レオタード姿の私に「雪ちゃん、プール行っとったん？」と言ってきて、プライドが傷ついてやめた（笑）。

小さい頃は、1カ月ぶりに会ういとこのお姉ちゃんにも恥ずかしくなってしまうような子だった。親と離れることを極端に嫌がり、祖父母のことは大好きなのに、お泊まりすることはなかった。

生まれた時から眉毛がしっかりしていて、クリーニング屋さんのおじちゃんに「お母さん、この子、眉毛描いとん？」と言われたというのは、母の鉄板ネタだ（笑）。

小学1年の時の日記。今より字が丁寧です（笑）。

2番目の兄と顔が似ています。

自分はミステリアスな人にはなれそうにないから、愛嬌や明るさ、面白さがないと人が寄ってきてくれないと、小5あたりには悟っていた。

でも中学に入り、少しだけ仲間外れにされたことがある。恐ろしいことに、自分では気がつかず、母から「ちょっとおかしくない？」と言われて知った。ザ・能天気！　その事実よりも、母にそんなことを言わせてしまったことは子どもながらにショックではあった。

ほかにも新しい友達ができていたから気づかなかったのだと、今でも言い聞かせている（笑）。

そんなこともあったので、中学や高校の時から「友達」について考えることが多かった。

高2の時、音楽部の友達にコンサートをするから前売りチケットを買ってほしいと言われた。1000円くらいだったと思う。「もちろん買うよ！　行けたら絶対行く！」と即答し、当日のコンサートにも行けた。しかし、私よりも仲が良さそうな友達が買うのを渋っているところを見かけてしまったのだ。

「遊ぶのが友達じゃなくて応援するのが友達だろ！」と、強すぎる正義感も相まって、悲しくなった。

幸い私には、3歳から高校までずっと一緒の幼馴染エリカの存在がある。思春期にはいろんなことがあり、けんかもたくさんしたけれど、エリカに会えると思えば学校に行くのが楽しみだった。

クラスも部活も違うのでそれぞれに友達はいたが、ゆるぎない絶対的な味方だった。地元で2児の母になったエリカと、東京でひとり働く私。環境は違えど、お互いを思いやる気持ちがあれば、その人の立場になって言葉をかけてあげられると、エリカから教えてもらった。

私よりも私を理解してくれている彼女の言葉に、今でも電話越しに涙があふれることもある。家族のように一緒に喜んだり怒ったりしてくれる、好きを超えた存在だ。しょっちゅう会えなくても、そばにいてくれる親友に支えられて生きてきた。

高校生でも2人でピース（笑）。

小学1年生のエリカと私。

バレー部の友達や、幼稚園や小学校からの幼馴染とも年に何度か集まる。すぐ昔に戻れる関係が大好きだし、みんなが幸せそうだと私も嬉しい。

「○○はこうなったらしいで！」と同級生の話になるが、まったくついていけない（笑）。同級生とつながるSNSをやっていないのも理由のひとつだが、そんなに興味がない。

冷たく聞こえるかもしれないが、「友達」の違和感にもありがたみにも触れてきた中で、誰かのことを知っておきたいという気持ちがない。だから今でも「なんでも知っておきたい」雰囲気の人は苦手だ。

明るい性格ではあるが、なかなか心を開けず、時間をかけて人と関係を築いてきた。

エリカや東京で出会った親友たちには、私のことをたくさん知っておいてほしいと思うのだから、この出会いは奇跡だ。

大切で、愛おしくて、いつもありがとうの気持ちでいっぱいだ。

エリカの結婚式。亡くなったおじいちゃんにエリカがプレゼントしてもらった振袖を私が着て、スピーチしました。

父と母と兄ふたり

我が家の家訓は「よく食べる、よくしゃべる、よく笑う」。

この言葉通り、みんなよく食べ、よくしゃべり、よく笑う。

「お箸は正しく持ちなさい」「パクパクなんでも食べなさい」と、リアル「お残しは許しまへんでぇ！」の家庭だった。

「食べきれないなら、早く言え！」、これで幾度となく叱られてきた（笑）。

両親には叩かれたこともあるし、厳しくもたくさんの愛情をもらった。小さい頃は必ず友達を招いて誕生日会をしてくれて、父がトランプゲームで盛り上げてくれた。

中学受験で補欠だった時のこと。塾にも行かせてもらったのにスッと合格できず、母はあきれ返っていたけれど、父は「雪ちゃん大丈夫よ！」とトイレで泣いていた私を抱きしめてくれて、父もちょっと泣いていた。心優しい人で、私には甘い（笑）。

中学校では、お医者さんや歯医者さんを親に持つ友達が「お父さんに宿題を教えてもらった」と言っているのを聞いて、少しだけ嫉妬したことがあった。

「パパ、ドップラー効果って知っとる？」

「何？　雪ちゃん、ミトコンドリアならパパわかるよ」

父に勉強を教えてもらったことはないけれど、駅に迎えに来ると「おかえりんこ！」と言ってくれて、ユーモアだけはどのお父さんにも負けていなかった。

何不自由なく育ててもらった上に、大学を出ていない父が子ども3人を東京の大学に行かせてくれた。当たり前のことではないと、働いてみてわかった。

東京では父の支援もありながら兄妹3人でひとつ屋根の下、暮らした。

洗濯機も冷蔵庫もひとつでいい経済的で安心安全な暮らし方は、3人でした初めての小さな親孝行だった。

「兄妹で3人暮らしです！」と言うと驚かれることが多く、私と同じく兄がふたりいる母にも自分じゃありえないと言われていた。だから、まぁまぁ仲がいい兄妹なのだろう。


父へ、大切に育ててくれてありがとう。

勉強ができる6歳上の長兄と、けんかが強い4歳上の次兄。

長兄がいろんな音楽を教えてくれたおかげでMr.ChildrenやB'zに出会った。

でも上京すると、「雪ちゃん、遅かったね」「どこ行くの?」と心配してくるのがうっとうしくて、父に来なかった反抗期が兄に来た（笑）。

そして次兄とは、中高一貫校がゆえに、彼が高2の時、私が中1。

「弱いものに弱く、強いものに強い」。

そんな兄の人間性は好きだが、この人の妹であることで、得も損もしてきた（笑）。

ふたりとも小さい頃から過保護で、正真正銘のシスコンだった！


そして、なんといっても山本家を語るに欠かせないのが、母の存在だ。

大学卒業後すぐに結婚し、23歳で兄を出産。

自分の身なりに構う暇もなく必死に子育てしてくれた。

兄たちよ、かわいがってくれてありがとう。

45歳で初めてピアスを開けた母の喜ぶ顔は今でも忘れられない。

12年間朝早く起きて、私たちのお弁当を作りつづけ、なんでも完璧にこなしてきた母の山本家への功績は計り知れない。今やっと自分の時間ができた母は生き生きしている。

「雪乃のママは本当にきれいだね」と頻繁に言われるほど、横に並ぶのが嫌なくらい美人で自慢の母だ。

私にとって、彼女の存在はあまりにも大きい。この本でも折々母の話を入れていきたい。

月日が経ち、長兄は結婚し子どもも3人いる。兄と妹というよりは、甥と姪の叔母の「雪ちゃん」になった。同じように、父と母はおじいちゃんおばあちゃんになり、家族の形も変化した。

それぞれがもっと自分自身の人生を重んじるようになって、距離感も変わっていった。多少の寂しさはあるが、それでも私にとってはたったひとつの家族。

いつも心の一番そばにある。

海外旅行にもたくさん連れて行ってもらった。ありがとう。

兄妹3人暮らし

高校3年生の時、すでに兄が住んでいた東京に大学見学もかねて遊びに行った。

今思えばあの日から私はずっと東京に憧れている。

兄の知り合いの方のホームパーティーに私もお邪魔して、そこから見えた無数の赤い光をいまだに忘れない。

「おい、妹が東京の夜景に吸い込まれてるぞ！」

誰かが言った。


上京する日の朝、最寄り駅まで母が車で送ってくれた。兄がいる憧れの東京への出発だというのに、寂しくてホームで泣いた。感謝、期待、不安。こみ上げてくるものもあった。

兄妹3人の東京ライフが始まり、けんかもしながらだが、楽しく暮らした。おかげで（?）岡山弁での生活はつづき、いまだに東京の友達にも岡山弁で話す。

高校生までほとんど家事をしたことがなかった私だが、食いしん坊が高じて家でよくごはんを作っていた。

そういえば、いつかの3月3日。どうしてもケーキ型のちらし寿司を作りたくて、土台の五目寿司も一から作り、サーモンやアボカドでデコレーションしようとしたことがあった。

もちろん食べさせるのは兄ふたり。

たしか夕方5時くらいから作り始めて、出来上がったのが夜9時だった。時間がかかりすぎた妹の初めての挑戦を、急かすことも怒ることもなく、ちゃんと食べてくれた記憶がある。

もはや面白くなっていたのだと思うが、大人になってもそんな優しさのある兄だった。

なぜか家族で撮ったプリントシール(笑)。

それぞれの友達がよく来る家で、兄たちは私のテレ朝の同期ともいまだに仲がいい。そして彼氏彼女ができれば、すぐに紹介する。でも、3人だけでごはんを食べに行くような仲良しこよし感はない。なかなか特殊な兄妹かもしれない。

最近は、3人の甥と姪の叔母としての関係性もできて、親や叔父としての兄たちの一面を見る。こうやって家族が増えていくのだと、かわいくて仕方がない甥や姪を見ていると感慨深くなることもある。

そんな兄たちとの暮らしと大学生活が私の最初の東京ライフだった。

早稲田大学文学部に進学し、2年生からは教育学コースに進んだ。

専攻は「食農教育」。

長野で農業体験や牛の去勢の見学をするようなゼミで、「いのち」について学んでは「いただきます」の意味を考えさせられた。

春につなぎを着て手植えをしたお米が、次の年にはお酒になって、瓶には私たちのゼミの名前が刻まれていた。

あの時のあの場所でしかできない経験が本当に懐かしいし、すごく楽しかった！

サークルには入っていなかったが、ゼミや友達との時間、3人暮らしの家のこと、カレー屋さんでのアルバイトなど、憧れの東京での生活に精いっぱいながら慣れていった。

そしてゆっくりと、冒頭のアナウンサーへの道をたどることになる。

友達とおそろいのつなぎを着て、格好だけ一丁前！

第3章

大抜擢！
…大号泣！

HOP!
STEEEEEP!
PINK!

『熱闘甲子園』

入社1年目と2年目に、『熱闘甲子園』という番組を担当した。『熱闘甲子園』キャスターは、大阪のスタジオに出演し、毎日のように甲子園へ取材に行く。

新聞には「新人抜擢！」という見出しがついたが、実際はアナウンス部に2週間以上大阪出張できるようなアナウンサーがいなかったのだと思う。先輩方はみんな忙しかった。

そんな理由から、とてつもなくラッキーなことが起きたというわけだ。

部長に呼ばれ告知された時は何がなんだかわからず、喜ぶこともできなかった。

なぜなら自分にとってあまりにも特別な番組だったからだ。


兄ふたりは小学生から高校生まで野球一筋だった。小さい頃は土日になると早朝から家族みんなで車に乗り、兄の試合の遠征に行った。

私はというと、同じ境遇の妹たちと土をいじったり川で遊んだり。

時々監督が妹たちにベースランニングをさせてくれることがあった。なんとなくだが何年も野球を見ていたはずの私が、1塁ではなく3塁方向に走り出したことは伝説だ（笑）。野球には詳しくなかったが、どこか野球をすることへの憧れがあったのだろう。父に頼んで黄色いミズノのグローブを買ってもらい、家の前で父や兄とよくキャッチボールをした。ボールを投げて捕るだけなのに、なんでこんなに楽しいんだろうと、気づけばあっという間に日が暮れていた。

リトルリーグから高校まで兄弟バッテリーだった兄ふたり。

そんな山本家の食卓では、もちろんいつもプロ野球が流れていたし、夏になると、朝から甲子園の中継を見た。高校野球の専門誌は必需品だった。

そして『熱闘甲子園』の始まる前には必ずお風呂を済ませ、正座してテレビにかじりついた。家族で感動を共有できる、子どもながらに尊い時間だと感じていた。

アナウンサー試験で使い果たしたはずの運がまだ残っていたのかと、家族は本当に喜んでくれた。親孝行であり、兄孝行になった。

そんな番組だったので、私が3年目で外れてしまった時は、本人以上に家族が残念がっていた。あの時のことを思うと、今でも胸が締め付けられる。しかし、『熱闘甲子園』を離れたからこそ得た経験もある。そして離れなければ感じられなかった悔しさや劣等感は、私に必要な試練だった。

話を新人の時に戻す。

アナウンス部研修も受けながらではあるが、6月から高校野球の取材が始まった。全国の地方大会へ取材に行った。ただただ楽しくて、新鮮で、〝ココロオドル〟とはこのことだと思った。「仕事である」ということと「本当に興味がある」ということが、うまくつながれば良かったのに、と今となっては悔やまれる。担当のディレクターさんも何もできないポンコツアナウンサーに手を焼いたことだろう。

しかし、そんな私にも、多くの人を魅了しつづける高校野球はどこを切り取ってもまぶしかった。

ある高校の練習取材に行った時のこと。炎天下での練習中、保護者の方は監督さんや選手たちのために冷たいタオル、そして塩分をとるための梅干しや塩昆布を用意していた。

そんな中、私たちにまでお茶をくださったのだ。氷入りのキンキンに冷えた麦茶は本当においしかった。そしてどこか懐かしい味。

麦茶をくださったお母さんの姿が、兄の野球を支えていた母の姿と重なった。

岡山の河川敷でお母さんたちが作ってくれた塩おにぎりや大きな鍋に入った全員分の豚汁。寒い冬に焚火を囲いながらみんなで食べたあったかい豚汁は格別だった。そして家に帰ると、お風呂場で泥だらけのアンダーソックスとユニフォーム、汗の染み込んだ帽子を手洗いする母の姿があった。

保護者の方のサポートはいつも愛情にあふれていた。その姿はまさにプロフェッショナルだ。

2年間たくさんの球児のお話を聞かせてもらった。

彼らの口から出てくるのは普段照れくさくて言えない、でも心にはずっとある思い。

周りの人や仲間への感謝の気持ちだった。

『熱闘甲子園』という番組はそれを伝えるきっかけになっていると思うし、普段野球やスポーツに触れていない人にも感動を届けられる。

甲子園には「言霊」ならぬ、「場所霊」があると聞いた。甲子園だからこそ起こる奇跡を私たちは何度も目の当たりにしてきた。だから夢中になった。山本家がそうであったように、家族の絆も深める番組だろう。

さてここまで偉そうなことを並べてきたが、実際の私の『熱闘甲子園』での仕事ぶりはというと、「奇跡」などは起きず。

できない人はできない。そのままの結果だ。気心知れたディレクターさんには「あと一歩頑張れ」と言われた。その「一歩」が頑張れていない自覚はある。でも、どう頑張ればいいかわからなかった。

あと一歩頑張れ

これまで生きてきて、「努力」という経験が自分にはなかったんじゃないか。何かひとつのものに打ち込むこともなく、ふんわり生きてきて、気づいた時には自分に見合わないような場所にたどり着いてしまっていた。

工藤公康さん

初めての『熱闘甲子園』は工藤公康さん、先輩の三上大樹アナと担当した。工藤さんの優しさに助けられ、支えられ、甘えた。

「ゆきの〜、練習するか〜!」

ほとんど役割もないのにミスばかりする私に、嫌な顔などひとつせず、何度も何度も本番前の練習に付き合ってくれた。父のような優しさにいつも救われていた。

「ゆきの〜、今日報ステの中継あるから、練習があんまりできん、ごめんな〜」

工藤さんは当時、『報道ステーション』のスポーツキャスターをされていて、『熱闘甲子園』の放送の前に報ステの中継もしていた。どちらも生放送。工藤さんは準備を欠かさなかったし、毎回緊張感を持って臨んでいた。

放送が終わるとみんなでよく焼き肉を食べに行った。

プロ野球選手はきっとたくさん食べるだろうと思ってはいたけれど、引退して何年も経った工藤さんの食べっぷりにも度肝を抜かれたことを覚えている。おかげで私も遠慮なくたくさん食べられた（笑）。

なんとなく穏やかで楽しそうな雰囲気が伝わってきただろうか。もちろんそんな時間ばかりではなかった。

それはそれは、泣いた。三上アナはまるで私の保護者で、泣き虫の新人のお守りは大変だったと思う。シッター代を差し上げたいくらいだ。もう何ができていて、何ができて

工藤さんと三上アナに支えられました。

いなかったのか思い出せないくらい、何もできていなかった。

ナレーションの録り直しも、ディレクターさんに「ああ、もうこれでいい」と言わせてしまうものだったろうし、短いセリフすら完璧に言えず、とちる。悪いのは自分。できないのは自分。泣いてもできるようにはならないのに泣く。

最近は、セミプロと言われる芸能活動や学生キャスターを経験しているような後輩も多い。その人たちと比べると、ただの何もできない一般人が潜り込んでいるようなものだった。

でもどんな時も、工藤さんは優しかった。


「俺も雪乃も1年目。だからできないこともある」


「俺も1年目、雪乃も1年目。だからできないこともある」

実は工藤さんも熱闘甲子園のキャスターは初めてだったのだ。

人生の大先輩であるにもかかわらず、ここまで目線を落として寄り添ってくれる。

今の自分ならもっと工藤さんとお話しできたな、もっと冗談も言い合えたなと、さみしい気持ちもある。でもあの時の、あまりに未熟な自分だったからこそ、工藤さんの温かさに触れられたのだと思う。スタジオで紡がれる言葉ひとつとっても、柔らかくぬくもりを感じる。大きな大きな目がふっと潤むこともあった。

「雪乃、おつかれさま！」と最後の放送を終えて握手をした時は涙が止まらなかった。その「おつかれさま」で、さみしさと達成感と情けなさ、そして何より工藤さんへの感謝の気持ちが込み上げた。これまでの人生で味わったことのないものだった。

その後、工藤さんは福岡ソフトバンクホークスの監督になり、チームを日本一へ導いた。優勝後、番組出演のためテレビ朝日に来ていた工藤さんに会いに行き、光栄なことに優勝記念の日本酒をいただいた。

後日談だが、ある日自宅に帰ると、山本家のふたりの酒豪、母と義理の姉が「おいしかったわ～」と大事な日本酒を飲み干していた。愕然《がくぜん》とした。今でも瓶だけは大切にとっている。

夜はまたみんなで焼き肉を食べに行った。工藤さんの大きくて真ん丸でキラキラした目をまた近くで見られてとっても嬉しかった。

再会が本当に嬉しくて、私、満面の笑みですね。

古田敦也さん

2年目の『熱闘甲子園』でも大切な出会いがあった。古田敦也さんだ。

長兄はキャッチャーで古田敦也モデルのミットを使っていた。古田さんが切り開いたID野球のファンだったのだと思う。

現役時代から博識だった古田さん。最初は私みたいなバカのことをどう思うのだろうと不安だったが、結論から言うと、古田さんが、古田さんだけが、私に根拠のない自信を持たせてくれた。

2年目だというのに、まるっきり何もできず、古田さんがぴったり残してくれた5秒に自分のセリフを言う。本来ならば、アナウンサーである私が時間を管理して、コメンテーターの古田さんには自由にお話ししてもらうのだが、現実は古田さんがアナウンサー兼コメンテーター状態。「俺が時間残してやるわ〜!」と冗談交じりに、私が堂々と頼れる空気を作ってくれた。本当におんぶにだっこだった。

古田さんはこの『熱闘甲子園』の現場を常に楽しいものにしてくれようとした。

怒られたことも、嫌なことを言われたことも一度もない。

「雪乃はおもろいな～」と、なぜか面白がってくれた。

ある日の放送後のごはん会でのこと。私は古田さんとは違う隣のテーブルだった。

当時のチーフディレクターが古田さんに私のことを話している声が聞こえてきた。

ちなみに、そのチーフディレクターは現ゼネラルプロデューサー。サッコさんといって、今や本当に信頼できる姉のような大好きな人である。ただ怒ると怖い（笑）。

その時、私と同じテーブルでは、古田さんのマネージャーのオオハラさんが熱弁していた。

「雪乃な、本能寺の変で明智光秀はな……」

もうしっかりは覚えていないがあまり興味のない歴史の話だった。

案の定、歴史の話は一切聞こえない。

サッコさんの声だけが自分の耳に、脳内に、入ってくる。

「残った2秒で笑うな。アナウンサーなのだから言葉で埋めなさい」

本番でも何度も怒られていたこと。

「雪乃はリアクションが生かせるからいいんじゃない?」と、古田さんのフォローの言葉も聞こえてきた。

「でも、そこを用意してないのがダメなんです!」とサッコさん。

あまりにも的確で鋭くて、まだ2年目の私にはいろんな意味で刺さってしまった。

「私が何ひとつできないからだ……」

「私ができないせいで、古田さんとサッコさんのせっかくの食事の時間が……」

悪い癖だ。歴史の話を聞くふりをしながら、我慢したけれどあっけなく泣いた。

泣いたらもっと怒られるし嫌われるだろうと思ったけれど、意地も何もない自分だった。


その夜、古田さんは心配して電話をくれた。ありがたい。

でもこの甘えが許せなかった。


言うまでもないが、そのあとサッコさんに「演者の前で泣くな！！！」とさらにブチギレられた。


9年経った今でもそんな話を酒の肴にしている。

先日も、「あ、思い出した！ ウチ、あの時古田さんにもキレたんや！ 『雪乃を甘やかさないでください！』って！」。「そうや！ そうや！」と古田さんも大笑いしていた。


知らず知らずのうちに、演者との信頼関係を目の前で見せてもらっていた。「言わないといけないことは、鬼と思われようが言う」という責任感。

古田さんも私も若い！大切な１枚です。

今ならサッコさんの指摘が痛いほど理解できる。

数秒を妥協しないことの大切さを、その時は気づけなかった（この〝数秒〟に気づけた今、身をもって学んだことを第7章でも書いた）。

サッコさんは、「雪乃の本でウチ悪者や～ん！　でも、どんどん書けばええで！　その代わり面白く書けよー！」と言ってくれた。

とびきり厳しくてとびきり優しい、テレビ朝日の宝だ。

あの時オオハラさんは隣のテーブルの話が聞こえていたから、私の耳には入らないように、前のめりで熱く歴史の話をしてくれた、と思っていた。が、解散した後オオハラさんは古田さんに衝撃の一言を放ったらしいのだ。

「雪乃、明智光秀の末裔なんですかね～、俺の話聞いて泣いてましたわ」

一生みんなで笑えるエピソードをくれたオオハラさん、ありがとうございます！！！

いろんな笑い話はできたけれど、肝心の『熱闘甲子園』には何も貢献することなく、私の〝夏〟は終わった。そして再び〝夏〟を迎えることもなく、リベンジもできなかった。

一度ついた担当番組に甘んじたと思う。『モーニングショー』についたタイミングもあったが、「雪乃じゃないといけない」「雪乃にやってほしい」という周りの声を大きいものにすることができなかった。今思うと、必然で当たり前の結果だった。

3年目の夏、私は『モーニングショー』でテレ朝夏祭りの2分ほどの中継をしていた。もちろんそれもありがたい大事な仕事。ただ、テレビの中だけでも、キラキラした〝夏〟を経験してしまった私にとっては、現実を突きつけられる時間だった。

それなのに、古田さんは最後まで言いつづけてくれた。「雪乃の良さがまだ誰もわかってないな〜」と、誰よりも早く私を肯定してくれていた。茶化しながらも、なぜかかわいがってくれた。2年目の夏に出会ってから、11年目を迎える今でも本当に良くしていただいている。

私が落ち込んでいると聞いた時には、仕事先の沖縄から動画を送ってきてくれた。そこには「ゆきの――――！　頑張れ―――――！」と、砂浜を走りながら絶叫するおじさんの姿が。あの歴史の話でおなじみの古田さんのマネージャー・オオハラさんだ（笑）。

社内で“夏祭りの人”と言われるくらい、何年も担当！
なんだかんだとても楽しそうですね！

古田さんの周りには優しくて面白い人たちがたくさんいる。それも古田さんの人徳だ。今回、本を出すことを報告すると、「やっと雪乃の良さがわかったか〜」「時間かかったな」とちょっぴり嬉しそうだった。

『熱闘甲子園』が終わっても、『サンデーLIVE!!』で共演することになり、ますます公私ともにお世話になった。

最近は私が朝番組についたこともあって、ゴルフには行けておらず、もっぱらテニスをすることが増えた。テニスもすこぶる上手い古田さん。アナウンス部の先輩や古田さんの会社の方と、2時間声を出しながらの本気テニス。健全で楽しすぎる時間だ。

仕事の話、恋愛の話、なんでもできる、というか、私が一方的にべらべら話すのを聞いてくれる。これまで古田さんの〝親心〟に何度助けられてきたかわからない。

この先もかわいがっていただく気満々だ(笑)！

『熱闘甲子園』という歴史ある番組で一流の方からの優しさ、そして自分の弱さに触れた。

情けないが、まだまだ「アナウンサー」とは程遠い自分がいた。

「雪乃の良さがまだ誰もわかってないな〜」

『ハナタカ優越館』

くりぃむしちゅーさんとの出会いが私の〝バラエティー〟の始まりだ。

入社1年目の1月に特番『日本人の3割しか知らないこと ワリサン』のアシスタントを担当した。これがゴールデン帯のレギュラー番組に昇格し、『日本人の3割しか知らないこと くりぃむしちゅーのハナタカ!優越館』となった。

お笑い界のトップを走るふたりと、初めてのバラエティーレギュラー。

喜びよりも不安のほうが大きかった。それはアナウンサーとしてうまくできるかということもだが、何よりこの薄っぺらい人間性がすぐにバレてしまうのではないかと。テレビ朝日でも数多くのアナウンサーと共演してきているおふたりに見透かされてしまう気がした。

担当して2年ほどは、特に何もできなかった。カンペもまともに読めない。毎回言う同じコメントも噛む。技術が拙すぎて、共演者に不快な思いをさせていたと思う。プロデューサーには「いつでも代えられる」と怒られて泣くこともあった。

すべては自分の実力不足。それに尽きた。

ある時、いつものカンペがいつものタイミングで出たのに、言いよどんでしまった。

「生放送だったら事故だぞ！」

笑いは起きたが、上田さんの声は80％本気だった。

確かに、くりぃむさんとの収録は生放送のようだった。それはつまり、現場が中断しないということ。何かものを入れる時も、わざわざスタジオを止めない。

だから、だからこそ、私のような不出来なアナウンサーがひとり混ざって、進行を妨げることは、名MCである上田さんにとってはフラストレーションでしかなかっただろう。

番組が終了したあとだが、有田さんと初めて食事に行かせていただいた時のこと。

「『ハナタカ』の最初のほう全然できないから、山本ちゃんのことほかの人に聞いてたんだけど」。これでも本人を前にマイルドな言い回しをしてくれていたと思う。

「みんな、『山本はいい子なんですー！』」とだけ言うのよ」。フォローに困る先輩たちの顔が浮かぶ。


「生放送だったら事故だぞ！」

誰もが経験できるわけではないゴールデンのバラエティーで、誰もが知るくりぃむしちゅーと共演。贅沢な環境であり、あわよくば顔が売れる。でもアナウンサーとしての基礎すらない人にはそんなご褒美が来るはずもなかった。甘くなかった。

1時間の放送の中でほとんど映らないこともあったし、1度だけネームテロップすら出ない時もあった。番組に大切にしてもらうのも自分次第だと、今ならわかるのだが。当時はひとり、落ち込むだけだった。

「ネームテロップも出なかった」という話は、くりぃむさんとの別の特番で話させてもらって、ふたりが大爆笑してくれた。

苦い思い出をふたりの笑いで昇華してもらったことがとても嬉しくて、何事も経験でありネタだなと勉強になった。

話は逸れたが、ゴールデン帯という熾烈《しれつ》な戦場では番組のコーナーや中身が変わることはよくある。おかげで、幽霊と化していた私にも役割ができた。

最終回の収録後。
写真を撮ってもらえて、本当に嬉しかったです。

出演者に実演してもらうコーナーで、正解の発表や説明をする担当になった。「ハナタカでーす!」というワードは最初からあったものの、特にこの実演コーナーから存在感を持ち始めた。

ある時プロデューサーに、「適当に言うな」と注意された。

そんなつもりはなかったのだが、プロデューサーはとても大事なことを教えてくれた。

「お前の言い方で盛り上がりが変わる」

この教えは、今『グッド!モーニング』でのインタビューの中で、企画のタイトルを言う時にも生きている。音程・声量・緩急・間。空間にふさわしい〝それ〟を間違えないように、まるでジングルやチャイムのように気を引かせるコールは場の雰囲気を決める。

ちなみに先ほどから登場しているプロデューサーは、はっきり言って優しくはない(笑)!怒られるのが嫌で、「別番組の打ち合わせがある」と嘘をついて避けたこともある。私って最低だな。でも、その優しくない人の元で仕事ができたことは本当に良かった。適当に、「〇〇ちゃん、今日も良かったよ!」なんてことを言う人ほど何も考えていないし信用できない。

少しくらいおべんちゃらを言ってくれてもいいじゃないかと思うほど、ストレートな人だった。基本2本撮りなのだが、1本目と2本目の間にこっぴどく叱られたこともある。

その時は「せめて全部終わってからにしてよ！」と思ったが、そこも熱さゆえのもの。たくさん注意を受けたし、意見が食い違うこともあったが、見ている方向はいつも同じだった。この番組を良くしたいと願う気持ちが伝わっているから、お説教されてもそこにエゴは一切感じない。

「お互い成長しましょう」「今後も一緒に頑張りましょう」、ぶっきらぼうなメールの最後は毎回こうだった。

いつからか収録が終わると担当ディレクターと必ずふたりで、怒られに行った（笑）。6年半、至らなすぎる私を叱咤《しった》し、鼓舞するのはかなり力がいることだっただろう。自分が先輩になってわかることだが、人に言いつづけることは疲れるし、自分に返ってこない。それでも見捨てず、番組のために向き合ってくれたことに心から感謝している。

「お前じゃなくてもいい」と言われたこともあったけれど、番組終了時にはこんなメールをくれた。

「俺も含めてくりぃむ2人も、クセのある人達と上手にやれたと思うよ。本当にご苦労様。山本で良かったと本当に思ってます。また一緒にやりましょう！」

「山本で良かった」。私にとっては最大級の賛辞だ。

くりぃむしちゅーのおふたり

『ハナタカ』はバラエティーのいろはを教えてくれた場所だった。

担当して5年が経った頃、なんとなく『ハナタカ』の中での自分の立ち位置が見えてきた。くりぃむさんとの緊張感のある現場で、生放送さながらのテンポや瞬発力、洞察力を鍛えていただいた。

目に見えない信頼関係があるから生まれる笑い。

それこそが小さい頃から大好きだった〝テレビの中〟だった。

予定調和などひとつもない、その場で生まれた笑いをくりぃむさんの力で何百倍にもしていく。隔週2本分4時間ほどの収録で、お腹がよじれるほど笑わせてもらった。

アナウンサーは進行に徹するべきという声もあるが、時にプレイヤーとして、バラエティーならではの〝ノリ〟という波に乗らせてもらうこともあった。

くりぃむのおふたりが投げてくれるボールに必死に食らいつく。先週返したボールはオンエアには乗らなかったけれど、今週は3秒放送されて、くりぃむさんが笑ってくれている。

気持ち悪いと思うが、そんなミラクルなシーンはテレビ画面をスマホで撮っていて、いまだに見返す（笑）。それほどに、その3秒が自分にとっては本当に大きく、100回トライした中の奇跡の1回に達成感を覚えると同時に、こんな私の一言でも空気は一変するのだと知った。

ただそれは、ボールを投げつづけてくれた上田さんと有田さんのおかげだ。

こんなポンコツに最後まで優しかった。感謝の気持ちでいっぱいで、なんて幸せなことだろうと思い出すと胸に来るものがある。

初めて『ハナタカ』の輪に入れた気がして、嬉し泣きしながら、帰った日もあった。

そんな積み重ねの中で『ハナタカ』という場所での自分のあり方を見つけてもらい、最後の1年は私も『ハナタカ』の一員だと感じることができたのだ。

そして至らない私を、現場でサポートし、うまく編集してくれたスタッフの皆さんにも、改めて感謝したい。

『ハナタカ』は6年半、特番からいうと7年弱。

こんなにも長い間、くりぃむのおふたりとお仕事できたこと、たくさんの笑いをいただいたこと、本当に宝物のような時間だった。

上田さんと久しぶりにお会いした時のこと。楽屋にあいさつに行くと、「おお！　どうだ？　最近忙しいか？」と話を聞いてくれた。たくさんの一流の方とお仕事をしているのに、私にですら裏でもフランクにお話ししてくれる。スタッフにも分け隔てなく接する上田さんを見ていると、ずっと第一線にいる理由がわかる。

私は、上田さんがキレるところと、ちょっと悪い顔して笑う時が大好きだ。キレる上田さんに、『ハナタカ』でも呼吸できなくなるくらい笑わされた。本のことを知らせると、「絶対読むからな！」と、あの笑い方をしていた（笑）。とことん優しい人だ。


有田さんとは長嶋一茂さんを通じて、『ハナタカ』が終わったあとからよくごはんに行かせてもらい、一茂さん主催のバーベキューでもご一緒する。

プライベートでも、それはそれは面白い。

有田さん・一茂さん・私というのがなぜか固定メンバーで、ふと我に返ると、「え、なんで私ここにいるの？」と思うこともあるが、おふたりとは仕事よりプライベートのつながりが濃くなっている。

初公開の写真です(笑)。

くだらないことで大笑いすることもあれば、テレビの仕組みを教わること、自分では触れることのないエンタメをすすめてもらうこともある。

この間は、「〇〇さんがこんなこと言ってくれてたらしいんですよー」と一応控えめな空気を出しながら話していると、「山本ちゃんは自信ないのに、自慢ばっかしてくる!」と言われて、「確かにー!!!」とみんなで爆笑した。人の本質をすぐ見抜く! 恐ろしい能力だ!

有田さんも一茂さんも私もそろってとびきりの人見知りなので、どこか気が合うのかもしれない(笑)。

『ハナタカ』6年半の間では生まれなかった交流が今になって実り、私も歳を重ねていろんな話をしてもらえることが本当に嬉しい。

日本一面白い人の話を聞けるのは幸せなことだが、普通の人にこのレベルを求めてはいけない。有田さんのせいで自分が笑いにどんどん厳しくなりそうで怖い(笑)。

第4章

『モーニングショー』で、もがいたでしょー！

HOP!
STEEEEEP!
PINK!

「羽鳥さんと仕事をしたい」

2015年、夏の夜だった。

「羽鳥さんと仕事をしたい」

私はずっと思っていたことを、親友の同期に初めて打ち明けた。

入社2年目の私たちが熱く夢を語り合った翌朝、私は部長に呼ばれた。

「次の改編で羽鳥さんの番組に入ることになります」

「え、き、昨日、友達に言ってたんです!!!」

絶対に違う言葉が出た。それほどに驚いた。口にすれば叶うのかと、信じられなかった。

さまざまなニュースを扱うプレゼンコーナーで、エンタメや明るいネタを担当することになった。スタジオ出演は、そのオンエアの日のみ。とても私ひとりには任せられないと、いつも野上慎平アナが一緒だった。

『羽鳥慎一モーニングショー』という、テレビ朝日の朝を背負う番組の一員にはなれたが、「当たり前にテレビに出る」ということは簡単なことではなかった。

２年目から８年目までの６年間、夢にまで見た場所でアナウンサーとしての酸いも甘いも経験させてもらった。

芸能人の方とのロケ、芸人さんの密着、日光さる軍団や鳩雑誌の取材などをした。

自分が行ったロケのＶＴＲが流れる時はスタジオにも出演して、野上アナの隣で取材後記を報告する。私が言葉に詰まっても、野上アナがフォロー。

できない人に試しにやらせてくれるほど優しい世界ではないし、ましてや羽鳥さんの名前がつく大切な番組である。社運を懸け、スタッフたちは視聴率とにらめっこ。慎重な番組作りに私の存在は不要だったとも思う。番組が試行錯誤する中、どんどん出番はなくなっていった。

そんな私を見かねて、番組が仕事を用意してくれた。『ワンダふるさと』という、島谷ひとみさんが日本全国の素敵なところを紹介するコーナー。３つ紹介するうちのひとつのネタのロケを担当することになり、ディレクターさんとふたりきりで日本中を回った。

街頭インタビュー、食リポ、体験。


野上アナ・玉川さん・羽鳥さんと！

地元の方のご自宅にお邪魔して、ご当地料理をいただくこともあれば、忍者や桃太郎、チャイナドレスと、いろんなコスプレをして全国を練り歩いた。

「ユーチューバーさんですか？頑張ってください」

いつもディレクターさんと二人三脚だった。取材に行くと、「え、ふたりですか？」と驚かれることもあったけれど、アナウンサーとしての〝たくましさ〟はここで得たと自負している。

当時は、正直きつかった。日本中の田舎にひとりで行き、現地集合、現地解散。電車やバスを乗り継いで、1日がかりでロケをした。

宮崎ではローカルバスに乗りつづけ、代わる代わる3人のおじいさんとバスに揺られた。

熊本にある3333段の石段に挑むロケでは、ディレクターさんが途中でリタイアしてしまい、ゴープロを持って自撮りしながらひとりで登りきったこともあった。すれ違う人に「ユーチューバーさんですか？　頑張ってください」と声をかけられた。3333段登りきった先には「何もない！」。ひとりぼっちで一言つぶやくという、なかなかシュールなリポートだったのだ。懐かしい。

（左上から）ゴスロリ、サブちゃん！、舞妓さん。
（左下から）どじょうすくい、「ラクダなあ～」、はやぶさ。

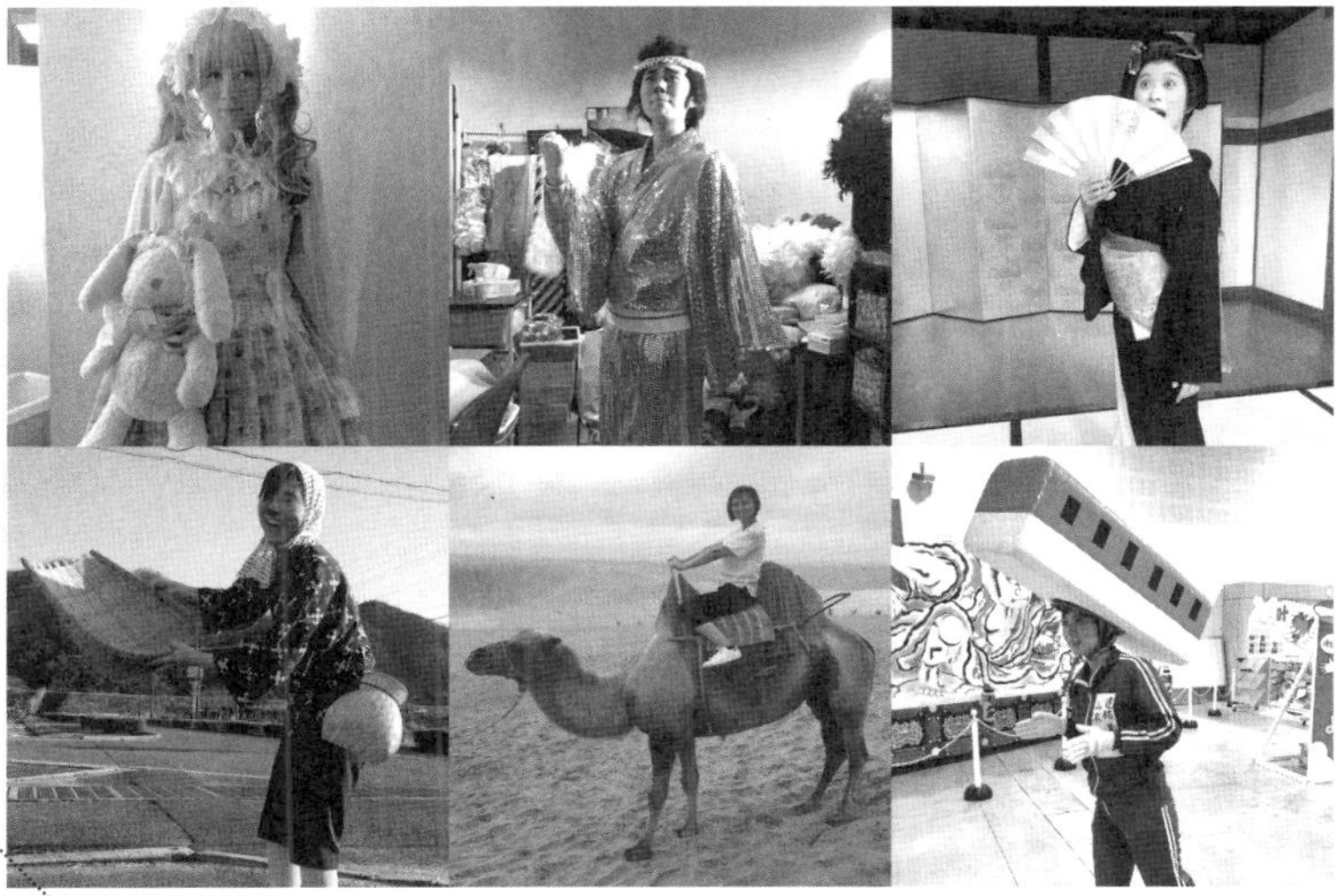

そういえばひとりでの帰り道、ローカル電車の座席にお財布を置いたまま降りてしまったことがある。ほとんど人が乗っていない車両の赤いシートに黒いお財布だけがポツンと座っている。発車した電車をただ眺めて、スローな世界で呆然とした（そのあとどうにかして財布は手元に戻ってきた）。「ひとり旅が好き」という、アクティブな性格だったらもっと楽しめたかもしれないが、なんせ心配性なもので、移動にもいつも気を張っていた。

ただ、今振り返るとそんな経験も貴重だった。番組やアナウンサーの立場によっては、タクシーなど車両が用意されることもある。

それを〝格差〟と言ってしまえばそれまでだが、ある意味、〝見てきた景色の差〟もあったと思う。負け惜しみに聞こえるかもしれないけれど、ロケだけではなく、すべての時間が人生の学びとなっていた。

ロケの模様は放映時には3分ほどのVTRになる。月曜日から金曜日の5日間の放送の中で、私が担当しているのは3分。だが、自分が映っている時間はもっと短い。

それで「担当番組は『モーニングショー』です」と言えるのかと、葛藤した。

「何を贅沢なことを言っているんだ！」と、今ならわかる。

実力不足な私は番組に守られていたのだ。

そんなことにも気づけず、「もっと出たい」「もっとやれる」という野心ではなく、みじめで情けないというマイナスの感情ばかり湧いていた。

入社試験の時に、「あなたはアナウンサーになったらどんな番組を担当したいですか？」と聞かれたことがある。地元のスター千鳥さんが大好きだった私は「ロケをしたいです」と答えた。自分がやりたいと言っていた「ロケ」ができているのに、理想と現実のギャップに打ちのめされた。

水を張る前の八ツ場ダムでバンジー。

それでも、理解あるディレクターや鼓舞してくれるチーフに支えられ、一生懸命に取り組んでいたと思う。

自分ができることは〝なんでもやること〟。それだけだと思っていた。

ジェットコースターすら苦手なのに、その信念と、「人生の5秒ぐらい我慢しろ」という兄の雑な言葉のおかげで108メートルのバンジージャンプも飛べた(笑)。

間違いなく新しい自分に出会えた仕事だった。

ダジャレアナはだれじゃや?

『ワンダふるさと』を担当し始めた頃、福島県喜多方市でロケをしていた時のこと。「喜多方市にやってきました」という登場シーンで「喜多方、来たかったー」と言ってもいいか、ディレクターさんに聞いてみた。

短いVTRの中で、なんとか工夫して、わずか数秒でも自分の存在を示したかった。欲を言えば、誰かの笑顔につながればなと。私なりに〝意味のある時間〟にしたかった。

「じゃあ（普通のと）2パターン撮っておこう」と言われたが（笑）、そのディレクターさんは思い切って「キタカタ、キタカッター」を使ってくれた。

これが私のダジャレのスタートだ。

「ダジャレをやめろ、アナウンサーなんだから出しゃばるな」と言われて、一度やめたこともあった。

しかし、この人だけは違った。

「絶対にやりつづけろ。ダジャレを言っていいのはお前しかいない」

長嶋一茂さんだ。

普段、一茂さんとはくだらない適当な話をすることのほうが多いが、さすが天然！

内容と語気のギャップなんてなんのその！　この時ばかりは珍しく真剣な顔でアドバイスをくれた。

私がVTRでダジャレを言うタイミングでは必ず、笑いをこらえる一茂さんがワイプで抜かれた。

「また山本が変なダジャレ言ってらー」てな感じで、テレビ画面をさらにエンタメにしてくれた。


「やりつづけろ。ダジャレを言っていいのはお前しかいない」

オンエアでもそうでない時でも本当に助けられた。

「いいか、山本、テレビは虚像虚飾の世界だから」

一茂さんは、テレビはエンターテインメントだということを、念頭に置いておくことを教えてくれた人でもある。

「俺のことを批判している人がいたら、好きにさせることは簡単だね。だって、思っていることと違うことを言えばいいんだもん」

極端な表現だが、テレビの人格と本当の人格は違うのだから、実体のないものへの批判を食らって、心をすり減らしてはいけないと、一茂さんなりの表現で伝えてくれた。

もちろん嘘の人格でテレビに出ているわけではなく、テレビはすべてを映すので素の人格を隠せるわけもないが、特殊な世界で自分を守るための術を教えてくれたのだ。

だから自分が自分でいられる場所、家族や親友との時間を一番大事にしたい。

とはいえ、テレビであんなに正直に話している人が言うのだから、説得力があるのかどうなのかよくわからない。ただひとつ言えるのは、あんなに自由奔放でわがままに見えて、人望がある。そして時々、確信めいたことを言うから、少しだけ尊敬している（笑）。

一茂さんのおかげもあって、ダジャレはエスカレートしていった。登場シーンを撮るためだけに1時間以上かけ、ディレクターさんとふたりで頭をひねり倒した。

この方は、写真を撮る時、いつもこのポーズです。

アロハ〜！

例えば、どんなものかというと……。

大分県では、『たたたたたたたたたた！

多い〝た〟県』。

山形県では、山を見て『山がたけーん』。

くだらないけれど、真剣だった。

くだらないけれど、1を生み出すことは本当に大変だった。

宮崎県の日南市では、『毎〝日ナン〟食べて頑張りましょう！』。

鹿児島県の日置市では、『〝ひおき〟一票、〝ひおき〟一票をお願いします。入れてくれないとお〝ひおき〟だべ〜！』。

と、気づけば「おー！」と言われるダジャレにまで成長した。

そういえばこんなものもあった。

奈良県にて『4番サード　〝なら〟嶋一茂　カキ――ン！　打った！　サヨ〝なら〟ホームラン！　ってシーン見たかったな……』。

この時の一茂さんはワイプでどんな顔をしていただろう。想像しただけで笑える。

ダジャレは、「おそらくアウトだとわかっている時のヘッドスライディング」に似ている。スベってもやり切ることが大事！　その時だけは自分を俯瞰することはやめて、振り切る。

「雪乃さん、照れがあります」と、何度指摘されたことか。

一茂さんの言葉通り、ダジャレを徹底してつづけた結果、「山本雪乃＝ダジャレ」というイメージが定着していった。誰からも憧れられはしないけれど、ダジャレを言ってもいいアナウンサーという、自分だけでは見つけられなかった個性を番組に作ってもらった。

小豆色のジャージさまさま

日本全国を2周以上させてもらい、多くの方に取材して、日本の素晴らしさをたくさん見てきた。体力的精神的なつらさはあったけれど、たった数秒でも自分を表現できることや、目の前のことをやりきった時の達成感を知った。

そんな中で大きな転機が訪れた。島谷ひとみさんの番組卒業と同時に『ワンダふるさと』がリニューアルされ、『助っ人にゆき〜の』というコーナーができたのだ。

まさかの私の名前がついた冠コーナー。

これもスタジオで羽鳥さんが「雪乃ちゃん」と呼んでくれていたおかげだ。

父と母がつけてくれた名前を、もっと好きになった。

小豆色のジャージを着て、全国の方々のお手伝い（一茂さんには『お邪魔にゆっき〜の』と言われていたが……）に行った。歩荷《ぼっか》のプロに始まり、ローカル駅で食堂を営んでいる方、地域のために鮮魚の移動販売をされている方、87歳で現役の行商をされている方など、日本全国さまざまなお仕事をされている方のもとへ。

皆さんの人生に触れては、「幸せ」や「豊かさ」について考える毎日だった。『助っ人にゆき〜の』というコーナーが今の私の価値観を作ってくれた。

「第一印象は2度とない」という言葉がよく頭をよぎる。取材させていただく方に対してどうアプローチすれば心を開いてもらえるかと、一丁前にそんなことを考えていた。

しかしお会いした皆さんは人生の大先輩。苦楽を経験し、乗り越えてきた心美しい方ばかりだった。だから私は素直にそこにいれば良かったのだ。ご迷惑をかけながらも精いっぱいお手伝いをして自分を知ってもらうことが一番のコミュニケーションだった。

兵庫県の香美町《かみ》では、お姉さま方とおしゃべりしながら、蟹をさばく作業も手伝わせていただいた。あまりにも楽しくて、カメラが止まっても私の手は止まらず驚かれた。

（左上から）岡山のタコつぼ漁、熊本の晩白柚農家さん、柴又の高木屋老舗さん。
（左下から）宇和島のみかん農家さん、大分のイルミネーション、静岡・抜里駅の「サヨばあちゃんの休憩所」。

柴又にある高木屋老舗さんでも、年末に職人の皆さんと一緒にお餅を作りつづけた。お餅作りを教えてくれた職人気質のサカモトさんに、「目の前のことを頑張れる奴はどこに行っても大丈夫だ」と、年の瀬にこれからの糧になるような言葉をいただいた。元日には、生中継で草団子のたたき売りに挑戦させてもらい、年をまたいでもお世話になった。ロケ後も、家族や友人を連れて会いに行かせてもらっている。

宇和島のみかん農家のコウノさんや熊本の晩白柚《ばんぺいゆ》農家のマスダさんは、ロケから5年が経とうとしている今でも、みかんやみかんジュース、畑でできたトマトやトウモロコシを送ってくれる。メールや電話もくれて、心の栄養までもらっている。本当にありがたく、親戚が増えた気持ちだ。

「雪乃が食べたい野菜ないの？　うちの畑で作るよー！」

そして友達もできた。土浦のれんこん農家、イチカワ夫妻。同世代のふたりが作るれんこんは日本一だ。そういえばロケの途中、全身泥まみれになってしまい、お風呂まで貸してもらった（笑）。子どもも連れて東京に何度も遊びに来てくれる。みんなでごはんを食べたこと、公園で縄跳びをしたこと、アイスの博覧会に行ったこと。思い出はこれからも増えていく。

「干し芋作ったから送るよー」「雪乃が食べたい野菜ないの？うちの畑で作るよー！」と、故郷を思い出すような温かさに、元気をもらっている。私の親友ハナユの作るキムチを食べたいと、イチカワ夫妻と親友の交流まで生まれた。

手作りの贈り物は、お腹だけじゃなく、心まで満たしてくれる。ゆるぎない味方でいてくれることへの感謝の気持ちがあふれる。日本の農業の未来を担うふたりが友であることは私の自慢だ。

れんこん農家さんのイチカワ夫妻のお手伝い。

そして、この『助っ人にゆき〜の』は、『モーニングショー』での自分の存在感をぐっと引き上げてくれたコーナーでもあった。

自分がロケに行き、自分でナレーションを読み、自分がスタジオでプレゼンし、渾身のダジャレで締めくくる。それまでの出演時間や役割とは比べものにならなかった。

スタジオで羽鳥さんや一茂さんたちが笑ってくれることが嬉しくて、家に帰ってから何度も録画を見返した。

最初はロケのVTRを中心に見て、次はナレーションをよく聞き、その次はワイプに注目する。スタジオの人たちがどんなところで笑っているのかを必ず確認した。

毎週、最低5、6回。欠かすことはなかった。

自分大好き人間。なんともおめでたい奴だ。でも、それほどに思い入れがあった。

自分のあり方に自信をくれたコーナーだった。

羽鳥さんの隣

2019年の初めのこと、宇賀なつみさんの退社が発表された。

羽鳥さんのアシスタントを務めていた宇賀さんの後任は誰なのかと、もっぱら会社内のトピックだった。

「雪乃なんじゃないの?」

自分ではないと悟っていた私には、冗談だとわかっていてもその言葉が、いじりが、つらかった。いじられやすいほうではあるし、みんな悪意があるわけではないが、そのいじりに応えることにメンタルの限界が来ていた。

当時は代役すらしたことがなく、「まだ宇賀ちゃんの代役をやらせてもらえないなんて、雪乃はダメだよ」——そんな厳しいことを言われたこともあった。

羽鳥さんの"隣"。『モーニングショー』のスタジオにて。

『モーニングショー』『ハナタカ』、そして土日稼働の『TOKYO応援宣言』と、十分仕事はあったのだが、「羽鳥さんの隣」という場所への憧れは消えることはなかった。

私には、そこが務まるほどの実力も華もなかった。

しかし、アシスタントが後輩の斎藤ちはるアナになったのちの2019年11月、初めてアシスタントの代役という仕事が舞い降りた。

月曜日から金曜日の5日間。宇賀さん時代にはやることがなかった代役。

初めて羽鳥さんの隣に立てることが嬉しかった。

そして、その前日、バスに揺られながら、今まで感じたことのない不安に襲われた。

そんな私をどこからか見ていたのか。先輩の清水俊輔アナから、「明日ビシッとやれよ!!」と激励のLINEが届いた。

アシスタントの仕事は主に原稿を読むことや、話を振られたら意見を少し述べること。

LINEで不安な気持ちを明かすと、清水さんからこう返ってきた。

「『助っ人にゆき〜の』のロケや画に合わせて読むスポーツの生読みのほうが難しいと思うぞ。格と難度は別物。格に惑わされるな」

「格と難度は別物。
格に惑わされるな」

「雪乃のような明るくて元気で楽しいヤツほど、意味のない『格』や雰囲気にのまれて力を出せない。俺のような自分のことしか考えてないヤツほど、人にどう思われるか気にしていないから、大一番でも関係ない」

ぐうの音も出ない説得力。一見強い言葉でも、私のことを理解しているからこそのものだった。アナウンサーという仕事を静観している。「個人商店」とも言われる局アナの世界。

私が成長しようがしまいが、清水さんには関係ない。それでも厳しいことを言って、現実と向き合わせてくれる。そんなありがたい存在はない。

「『あーメインだ、緊張する!』と言って見上げていたら失敗する! 普段もっと難しいことをやっとるわって見下ろさないと」

もちろん、清水さんはどっちが上で下だと言っているわけではない。心の持ちようで自分を追い詰めることも、気持ちを楽にすることもできると教えてくれた。

「つまらないことを気にするな。自分のパフォーマンスを最大限発揮することだけに集中するってことだ」

プライベートでもお世話になっている清水アナと久保田アナ。
7年前の写真!

この言葉にすべて集約されていた。当時入社6年目。今さらこの年次で「緊張した」なんて、できないことへの言い訳にならない。そりゃそうだ。客観視する力が足りない。やる前からダサすぎる予防線を張っていた。

その後も番組を去るまで、年に2回代役を務めた。「後輩の代役だもんな」とか「代役って評価されないんだよな」なんて意地悪なことを言ってくる人もいた。自分だけは違うと思いたかったし、もう来週は来ないのだと、爪痕を残したくなった。

そんな私を見た久保田直子アナがこんな言葉をかけてくれた。

「雪乃、結果を残す5日間ではなく、成長する5日間にね」

与えられた5日間で存在感を出したいという欲がテレビから伝わったのだろう。

視聴者の方からは批判の言葉もお褒めの言葉もいただいた。

毎日トライできることへのうらやましさと、毎日ここでコツコツ結果を残していく大変さ。みんなが新鮮な気持ちで見てくれる代役とは違い、メインポジションになじみ、そこで結果を示す〝主役〟のプレッシャーは私にはわからないものがあると感じた。

それでも羽鳥さんの隣で仕事ができるアナウンサーは他局を入れても一握り。

わずかな回数でも私にとってはとても大きな経験だった。

モンスターを前に

『モーニングショー』はさまざまな分野のニュースを取り扱う。

アシスタントの代役をした時、遺族の方に密着した映像を見て涙ぐんでしまったことがある。

自分がまだ仕事で触れたことのない報道現場についてもスタジオで伝えなくてはならない。

感情が出すぎてしまう私だったら仕事になるだろうかと報道現場で取材する先輩や後輩を本当に尊敬する。

『ショーアップ』というプレゼンコーナーの代役も何度も担当した。

最初のほうはあきれられるほど何もできなかった。飛行機の「操縦」を「運転」と言いつづけたり、絶対に答えられないといけないことが答えられなかったり。

コメンテーターさんのコメントを自分なりに受けて次に進むにも、つなぎの一言がまるで的外れ。「今日はダメだね」と羽鳥さんに言われたこともある。

「とんちんかんなこと言っているから、何も言わないほうがいいよ」と、別の先輩にも注意された。出番が終わると必ずプロデューサーのもとに向かい、まだ何も言われてないのに泣く。

どんな質問が飛んでくるかわからない『モーニングショー』という番組の特性が、最初は困難でしかなかったけれど、そ

「とんちんかんなこと言ってるから、何も言わないほうがいいよ」

れこそがこの番組の魅力。プレゼンをしながらコメンテーターさんに話を振っていくが、どんな言葉が返ってくるかその時にならないとわからない。

今さっき思ったこと、言おうとしたことが、2秒後には意味のないものになっている。

相手の言っていることを瞬時に理解し、機転を利かせてプレゼンを進める。

頭の回転が速くないと置いていかれてしまう場所だった。

自分の能力次第で、コーナーを盛り上げることも盛り下げることもできてしまう。

モーニングショーならではの魅力であるモンスター級のコメンテーターさんを前に怖気づいてばかりだった。

6年の代役の中で、最初は「どうせできない！　やりたくない！」と諦めていたけれど、最後のほうは楽しくて、出番が終わるのが寂しくなっていた。

相当時間はかかったが、シビアな方々との緊張感ある現場が知らぬ間に成長させてくれていた。

『助っ人』の後で

コロナ禍で、『助っ人にゆき〜の』のロケができなくなった。

「密」でないとできないコーナーだったし、「密」だからこそ生まれるぬくもりがあった。

わずか6カ月。あまりにも短い期間ではあったが、今まで自分が携わってきた仕事の中では一番、視聴者にインパクトを与えてくれた。

小豆色のジャージは私の代名詞になった。

しかし、ロケができなくなってからは、『モーニングショー』での仕事は斎藤アナと野上アナの代役だけに。

そんな中でも、『助っ人にゆき〜の』チームのディレクターさんやチーフが、「早くジャージ姿の雪乃が見たいな!」「雪乃さんが次行くロケもう決めてますから!」「俺たちはあきらめてないぞ!」とちょくちょく連絡をくれた。

心遣いとやるせない気持ちに落ち込んでばかりいた。

そんな私に、アナウンス部のデスクはさまざまな〝助っ人〟をさせてくれた。

先輩の代役も後輩の代役も6人分。ABEMAも含めて、いろんな現場に行った。

ほかにも解説放送や提供読みなど、レギュラー番組にいると遠ざかってしまう仕事も与えてもらった。

そんな時自分の中でひとつルールを決めた。

「この仕事やってもらえる?」というメールに対して、「もちろんです! ありがとうございます。」とすぐに返信すること。

大きい仕事、小さい仕事と分けることは私自身好きではないが、いわゆる小さい仕事やオンエア以外の雑務を断る人もいる。それぞれ事情はあると思うが。

私も人間なので、「うう、この仕事かぁ」と思うことはある。

でも、あの時の自分のルール「もちろんです!」は魔法の言葉だと信じた。

きっと何かを導いてくれると信じ、ひとつひとつの仕事を大切にする心を持ちたかった。そんなことを悶々と考えるほど暇だった。

「きっと何かを導いてくれると信じ、
ひとつひとつの仕事を
大切にする心を持ちたかった」

そしてもうひとつ。アスクに通った。アスクとは、学生時代にも通ったテレビ朝日のアナウンススクールだ。現役のアナウンサーはアスクで講師もする。

私も時間があったのでよく講師をしていたが、生徒としても通うことを決めた。お金もちゃんと払って、ナレーターコースで一般の方とナレーションの勉強をした。スキルアップの目的と、何より反省する場所が欲しかった。

仕事があまりにもない中で、どんどん自分を振り返る場を失っていたからだ。自主練習をすればいいと思うが、本番特有の緊張感は本番でないと味わえない。自分を追い込むためにも飛び込んでみたが、ナレーターを志す生徒さんの中でアナウンサーとしてのアドバンテージなど、これっぽっちもなかった。

そしてどんなものでも声の仕事ができている環境がありがたくも、ぬるま湯であると省みた。

自分で踏み出した一歩から気づきも学びも得られた。

コロナ禍だからこそできたことのひとつだ。

第5章

飾らず、嫌がらず、偉ぶらず

HOP!
STEEEEEP!
PINK!

羽鳥慎一さん

2020年2月、バラエティー番組のロケVTRに出演した私に羽鳥さんがLINEをくれた。

そのLINEの言葉は、これまでもこの先も、私を支えてくれる一生の指針となった。

「最高だね。今、見た。飾らず、嫌がらず、偉ぶらず、全力でやっていれば絶対誰かが見ていてくれるよ」

わざわざ連絡をくださることも恐縮するのに、これまで誰からももらったことのない言葉。雷に打たれたようだった。そして出演したものを「見て」くれた羽鳥さんは、「誰かが見てくれている」ことも実感させてくれた。

いまだに、私をテレビで見かけると連絡をくださる。

忙しいはずなのに、しっかりテレビを見る時間をとっているところも羽鳥さんの影の努力だ。

コロナ禍でどんどん仕事がなくなり、つらくなった時もだった。

「あなたは大丈夫。来る仕事、全力で頑張れ。誰かが絶対見てる」

「頑張れ。俺は雪乃ちゃんはいいですねと言いつづけます」

間違っても腐ってはいられない。そう思わせてくれる言葉をくれた。

「羽鳥さんに頑張っていると思われたい！」――そんな思いは、今もずっとつづいている。

羽鳥さんはなぜかいつも「あなたの人柄と明るさは素晴らしい」と褒めてくれた。腹黒いところもあるし、正直褒められるほどの人柄は持っていない。でも、そう言ってもらうことで、「羽鳥さんの言葉を真実にしなくては」と、人間性を高めることを意識するようになった。

その頃だったと思う。誰にでも大きな声であいさつするようになった。それまでも多少意識はしていたが、社内ですれ違うすべての人へのあいさつをなるべく徹底するようになった。

自分のことなんて社内でも知ってくれている人は少ないだろうとか、冴えないアナウンサーだと思われているだろうなとか、卑屈だった時は、知らない人には会釈や小さな声でしかあいさつできていなかった。

技術さん、美術さん、警備員さん、清掃員さん。必ず返ってくるわけではないけれど、あいさつされて嫌な気持ちになる人は少ないし、表情がふっと柔らかくなる人もいて、「今日も頑張りましょうね！」と声をかけ合っている気持ちになる。

「飾らず、嫌がらず、偉ぶらず、
誰かが絶対見てる」

清掃員のおじさんに駅でお会いした時もあいさつさせてもらって、後日「この前会いましたね～、私服おしゃれですね～」「あの時一緒にいたのはお母さん?」なんて会話をした。顔見知りの警備員さんとは、「あら、まだ仕事?」「ロケ行ってきまーす」と交わす。

皆さんのお名前はわからないけれど、もし私がドブにはまっていたら、きっと助けてくれるだろう（笑）。あいさつは、信頼関係の始まりであり、その瞬間の活力も笑顔も生む。

インタビューの現場でも、その場で会うスタッフの方や関係者の方、他局のアナウンサーさんにもなるべく自分からあいさつする。

そんな心がけも、羽鳥さんの「人柄がいい」を体現したいからだった。

アナウンサーとしてだけではない、人間として自信を持たせてくれた羽鳥さんに本当に感謝している。そしてその感謝は、アナウンサーとしてもっと成長し羽ばたくことで示せるものだと思っている。

羽鳥さんから教わったことは山ほどある。視聴者の相槌が聞こえているかのような伝え方。ひとりよがりではない進行はアナウンス技術を超越しているものだった。

コロナ禍でのオリンピック開催時、私も代役でスタジオにいた。テレビには映らない羽鳥さんのカンペが私にも見えている。コロナのニュースから、オリンピックのニュースに移る際、羽鳥さんはカンペをそのまま読むことなく、自然な間とともに一言付け加えた。

「テレビでご覧になった方も多いと思います」

コロナ禍での五輪開催に違和感を持つ人もいた中、その前のコロナのニュースを無視することない、つなぎの一言。なくても番組は進行できるけれど、その言葉で少しだけ緩やかに気持ちを切り替えられる人がいると感じた。私もそのひとりだった。

難しい言葉ではないが、簡単には出てこない一言。決して暑苦しくなく、気づく人は少ないけれど、確実に視聴者に寄り添った言葉や間に、羽鳥さんのすごさが詰まっている。

ペラペラしゃべることだけが、アナウンサーの仕事ではない。アシスタントを何度かやらせてもらって、立ち位置や役割を考えることも学んだ。聞かれるかもしれないテーマに向けてコメントを準備して持っておいて、「今だ！」というタイミングで出すか、ひとつも出さないか。しゃべらずとも、どんな表情でそこに「いるか」という「あり方」も考えさせられた。

自分が言いたいことだけを言えばいいというわけではない。話を展開させる「アシスト」的な一言で議論に奥行きが出るかもしれない。

「みんなAと言っているけど、Bもこんな点ではありじゃないですか？」と、嘘をつくわけではないけれど、言い方次第でトークが膨らむ。これは盛り上げるための「サービス精神」だと思う。羽鳥さんから学んだサービス精神はインタビューの仕事にも欠かせないものだ。

アナウンス部の仲間たち

唯一のアナウンサーの同期が草薙和輝アナだ。

決して優等生ではなかった私たちふたりは、自分で言うのもなんだが、泥臭く頑張ってきた。だからどんなに忙しくても、「やれる仕事は全部やるからええねん！」という草薙の貪欲な姿勢に今でも刺激をもらう。

アナウンサー試験の頃から友達だった草薙と、内定を獲得し顔を合わせた時、テレ朝の一階に鳴り響くほどのハイタッチをした。

あの時だからできた青くてまぶしい、絶対に忘れないハイタッチ。『TOKYO応援宣言』では清水アナの後任になった草薙と初めて同期で仕事をすることになった。青くてまだ何もなかった私たちが、何かの巡り合わせか、同期で大きな舞台に携わることに。この喜びをふたりで何度も分かち合った。

たてながの草薙。まんまるの私。

そのあと『グッド！モーニング』でも同期共演することになるとは。同期というよりは、なんでも話せる友達が会社にいるという感覚。今が一番いい関係だ。

同性のアナウンサーの同期はいないが、私のひとつ上には林美沙希アナ・弘中綾香アナという、今や報道とバラエティーの要と言えるふたりがいる。一番近くて大きな存在としてふたりの背中を追いかけてきたし、公私ともにお世話になっている。

バラエティー班の私としては、「弘中綾香」の存在は入社当時からいろんな意味で大きいものだった。ここだけの話、入社当初は少し怖かった（笑）。私が社会人として〝なっていなかった〟ため、怒られることもあった。

アナウンサーである前に、会社員であり、社会人であることを教えてくれたのは弘中さんだ。画面からも伝わっているかもしれないが、彼女の社会人スキルがあれば、どこでも働けて、そこでもトップをとるだろう。

と、こう書いておけば、「怖かった」の一言はチャラにしてくれるはず（笑）。

ちゃんと厳しく、ちゃんと優しい。優しい言葉をかけるのは簡単だが、嫌われる覚悟で指摘することこそ勇気と労力がいるものだ。

おいしい手料理も食べさせてくれる先輩！

弘中さんの冷静なアドバイスがグサッと刺さったこともあるが、今思うと、それはナイフではなく、頭を冷やすための氷だったと思える。そこもいわゆる「女子アナ」「女子の集まり」という型にはまっていないのかもしれない。気持ちがいいほどに体育会系だ。

私たちは最初から仲が良かったわけではないよね、と腹を割ったこともある。近い後輩先輩をライバル視して、何くそと思っていたと。

「あの先輩・後輩の仕事、私にだってできる！　なんで私じゃないんだ！」

妬みとは違う。原動力に変わる負けん気だと思う。

それは悪いことじゃない、むしろ真剣に仕事に取り組む際には大事なのではないか、とふたりで話した。

仲良くなったのはここ5年くらいのことだろうか。自宅を行き来する仲になった。

去年11月、「一昨日生まれました！　よろしく。落ち着いたら顔見にきて！」とLINEが来た。

生まれたての我が子を見ながら、この上ない幸せな達成感と疲労感が混じったピースをする弘中さんの写真も。

好きなアナウンサー1位になり、妻になり、母になった。とても追いつけない存在が近くにあるから、私は自分なりの道を見つけようと頑張ってこられたと思う。

ある時、恋愛相談すると「雪乃ちゃんは明るいし賢いし人当たりいいしユーモアもあるし絶対大丈夫!」というお世辞まみれのLINEをくれた(笑)。そんなことも言ってくれるめちゃくちゃ優しいところもある。

テレビの中の先輩を見ていて思うのは、自己犠牲の上に成り立つプロの仕事ぶり。こんなことを言うと営業妨害になってしまうかもしれないが。全局見ても異例づくしで、きっと批判的な声もたくさん聞こえてきただろう。でも信念を貫いて確実に結果を出してきた偉大な先輩からの言葉は、やっぱり自信をくれる。

「私たちは最初から仲が良かったわけではないよね」

私にもたくさんの後輩ができた。後輩に何か声をかけるなら弘中さんくらいにならないと……。

中途半端に経験を重ね、後輩に何度かアドバイスや注意のようなものをしたことはあるが、その人の中に「厳しいことを言われた」ということだけが残ったんだなと思うこともあった。

そして、その恥ずかしさを耐えてまで、後輩の成長を願えるほど、できた人間ではない。

一目置かれなければ、伝えたいことも伝わらないのだろう。改めて根気強く向き合ってくれる先輩が周りにいて、私はラッキーだった。

後輩を心配する前に自分が大きくなれ！　原稿を書きながら思った。

2020年の8月、改編期の前のこと。

コロナ禍でも、いくつかの番組の改編により、担当アナウンサーの配置換えがあった。『モーニングショー』の中でもアナウンサーが空いたコーナーは誰が担当するのかと、番組にいながら仕事がなかった私は、内心期待もあった。

でも、名前を呼ばれることはなかった。『モーニングショー』で2度目の「自分じゃなかった」だった。

そんな時、私の気持ちを察した久保田さんがLINEをくれた。画面にはなんと、2015年の久保田さんの日記が。

「ごめんウザいかもと思いながら……私雪乃と同じ経験をしているからさ」。

私を励まそうと、大切な秘密の場所を、迷いながらも包み隠さず見せてくれたのだ。

2015年7月22日に久保田さんが抱いた悔しさを、自分の気持ちと重ねた。

そして「誰のせいでもない。力が出せなかった」というやるせない分析と刻まれた決意に、目を覚ましてもらった。

私のために心の中をさらしてくれた優しさに、今思い出しても涙が出る。

「そのあとの1年、悔しさを刻んで仕事をした。そしたら1年後リオに行けた」——LINEにはそう書いてあった。

選ばれた数人しか行けない、リオオリンピックの現場。

当時スポーツ番組やコーナーを担当していたわけではない久保田さんが選ばれた。

視聴者の皆さんからは、『ワイド！スクランブル』や『かりそめ天国』のイメージが強いかもしれないが、実はさまざまなスポーツの中継やリポートを担当し、当時から足しげく取材を重ねていたのだ。20代のアナウンサーでなく、当時30代の久保田さんが行くことになった時、努力で積み上げた実力ほど、みんなが納得するものはないと感じた。

今でもゴルフや競泳だけではなくスケートボードまで、久保田さんは幅広く取材しては、中継に携わっている。報道、バラエティー、スポーツ、ナレーション……すべて同時進行で担当しているのは、久保田さんだけ！

「似ている」と言われることがすごく嬉しい！

ナレーションに関しては、アナウンス部随一と社内でも有名だ。

そんな宝物のようなLINEをもらった1年後、私は偶然にも東京オリンピック・パラリンピックの現場にいた。久保田さんに念をもらったのかもしれない。

そして最後には「絶対に雪乃である理由がちゃんとある仕事に出会えるからね」とあった。言い切ってくれた「絶対に出会えるからね」という言葉が、その時の落ち込む気持ちを吹き飛ばすほどに心強かった。

私の荒んだ心にそっと寄り添って、大切にしてきたことを惜しみなく教えてくれた。人に言えない悔しさを経験して、人に見せない努力を重ねた先輩は、誰からも愛される人だった。途切れない仕事は、その人柄から一目瞭然だ。

この人にずっとついていきたいし、この人には嫌われたくない。

「絶対に雪乃である理由がちゃんとある仕事に出会えるからね」

久保田さんはいつも私の目標であり、希望だ。

5年前、ふたりで会社の近くを歩いていると、カメラを持った若い女性に声をかけられた。

「すみません。テレビ朝日の『グッド!モーニング』です。街頭インタビューいいですか?」

「おいしいエピソードゲット! でも、ふたりとももっと頑張ろう!」。お互いを奮い立たせた。

5年経った今「私たち、頑張りましたね!」と言いたいところだが、私は1年前にも「テレビ朝日です。インタビューいいですか?」と聞かれたな。私はもっと頑張ります(笑)。

松木安太郎さん

2017年、前任の先輩が退社したことをきっかけに、東京2020オリンピック・パラリンピックを応援する番組『TOKYO応援宣言』についた。

担当して間もなく、日曜朝の情報番組『サンデーLIVE!!』の中のコーナーになり、松木安太郎さんと清水俊輔アナと楽しくスポーツをお伝えしてきた。翌日の放送のために、土曜日にはさまざまな競技の取材に行き、選手の方にロングインタビューすることもあった。

松木さんの笑顔も大好きです！！

「応援」っていいな。誰かを応援することは自分も元気をもらえると、またスポーツの素晴らしさに触れた。スタッフが丁寧に真心こめて作り上げた、家族3世代で楽しめる番組が大好きだった。

番組についてすぐの頃、平昌パラリンピックの取材に行かせてもらった。パラリンピアンの戦う姿を前に、心が震えたのを今でも思い出す。

自分の中でのスポーツの世界がぐんと広がり、幸せなことにテレビ朝日の中でも、一時「パラと言えば雪乃！」と言われるほど、たくさんのパラリンピアンにお話を伺い、試合も見に行かせてもらった。

パラ競技の奥深さ、面白さ、選手の超人技、車いす捌《さば》き、白熱の試合展開。選手の方々の人生に触れては、言葉にならない気持ちになったこともたくさんあったけれど、勇気や希望をもらうお話ばかりだった。生きていく上でのたくさんの教訓が詰まった、私にはもったいないくらいの経験に心から感謝している。

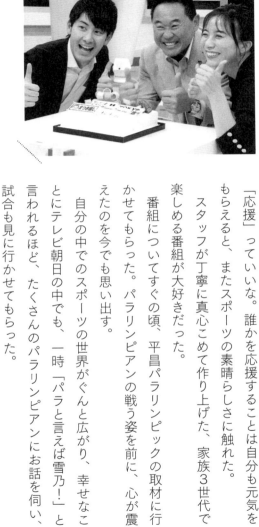

そして日曜日の一番の楽しみは松木さんに会えることだった。

「雪乃ちゃんは明るくていいよね」といつも言ってくれる松木さん。そんな松木さんの明るさには到底かなわないが、内側から出る「明るさ」を持つ人は、そこにいるだけで場を明るくできると学んだ。

「素晴らしいね！」その一言で伝わる熱量や思い。松木さんの言葉の力は本当にすごい。一言でも、伝え手の熱量でそれ以上の気持ちが伝わることも松木さんから教えてもらった。

松木さんは解説者としてもたくさんの言葉を持っている。その一方でおちゃめな一面も出してくれて、ダジャレの先輩でもある。

松木さんには愛される要素と人を楽しませる才能があふれているのだ。

ありがたいことに、私が番組を離れてからも出演番組を見てＬＩＮＥをくださったり、定期的にごはんに行かせてもらったりしている。プライベートな話から、おすすめの映画の話まで。昔のサッカー界の面白い話は毎回抱腹絶倒だ。

私が松木さんから学んだことは「距離感」。松木さんは人との距離感を絶対に間違えない。

「日曜日の一番の楽しみは松木さんに会えることだった」

それは選手へのリスペクトを忘れない松木さんを見ていてもわかる。

うまく説明できないが、「来るもの拒まず、去る者追わず」のとびきり温かいバージョンと言ったらいいだろうか。

社会人になって、人間関係に悩むこともあったが、その都度、松木さんの「距離感」を参考にさせてもらっている。

「来るもの拒まず」と言ったが、その優しさに甘えて、私の母までちゃっかりごはんに連れて行ってもらっている。「お母さんは元気？」といつも気にかけてくれて、母は大喜び。


「お母さんはなんの映画が好き？」

「私、『アニー』が好きです！」

「お母さんは本当に幸せに生きてきたんだね～」


あまりにもテンポのいい10秒ほどのやり取りだった。

『アニー』はもちろん素晴らしい作品だけれど、還暦を過ぎたおばさんの口からなんの躊躇《ちゅうちょ》もなく『アニー』と出てくると思わず、そこにいた誰もが一瞬止まってしまったのに、松木さんはすぐ優しくまろやかな言葉を返してくれた。思わず「優しい！」と口をついて出た。

『アニー』の主題歌『tomorrow』を着信音にしている母。私は母の電話が鳴るたび、母の人生を思い、なんだか嬉しくなる。松木さんのおかげだ。親孝行までさせてもらって、感謝してもしきれないほどたくさんの優しさをいただいている。

『TOKYO応援宣言』の最終回を終えたあとの送別会で、松木さんの涙を初めて見た。

長年松木さんと仕事をしてきた上司も珍しい光景だと驚いていた。

番組が終わることに寂しさを感じてくれたのだろう。松木さんの娘さんと同世代の私と草薙の成長も喜んでくれていたと思う。その涙を見て、すでに泣いていた私はさらに泣いた。

5年3カ月、毎週触れた松木さんの明るさと温かさは、ホッとできる場所だった。

余談だが、去年の12月、山本家はかわいい子犬を迎えた。名前は「山本アニー」母が名付けた（笑）。

あの時、松木さんの優しさに感激した母は、ますます『アニー』が好きになっていたのだ。私たちの新しい家族。きっと愛情たっぷりに育つだろう。

東京から毎日、ペットカメラでかわいいアニーを見て、癒されています。

東京2020オリンピック・パラリンピック

東京2020オリンピック・パラリンピックは、2021年夏に開催された。コロナ禍ということもあり、例年と比べて現場に行ける人は限られたが、これまでの取材の経験が生かされ、私も現場取材をさせてもらえることになった。

オリンピック・パラリンピックに携わるなんて、入社当時は思いもしていなかったこと。開催期間中は、現場で松木さんとリポートをして、インタビューをすることも。また古田さんとは女子ソフトボール決勝の中継を担当した。金メダルが決まった瞬間は人生で一番高く飛んだと思う。「私、結婚でもした?」と思うほど、ものすごい数のLINEが届いていた。たくさんの方がテレビの前で応援していたのだと実感した。

松岡修造さんと生放送の特番まで担当させてもらい、リハーサルがなかったことになるような本番にあたふたしながらも、修造さんの職人技ともいえる洗礼を受けられたことがとても嬉しかった。

いつお会いしても、存在感とエネルギーがすごい修造さん！

このオリンピック期間中に、たまたま『モーニングショー』のアシスタントの代役を2週間以上務めることになった。女子ソフトボールの決勝戦の翌日も『モーニングショー』のスタジオにいた。

スケートボードから女子ソフトまで、さまざまな競技の取材をしてきたことが生かされて、一言コメントさせてもらうことも。初めて、「仕事がつながった」と感じた。

入社8年目の頃だった。それまでで一番忙しかったと思う。仕事がなかった時と比べて、本当に幸せで、オリンピック・パラリンピックが終わった時は虚無感に襲われた。

自分は仕事が好きだということに、失ってから気づいたのだ。その時はまだ10月から『グッド！モーニング』につくと知らされておらず、『ハナタカ』『TOKYO応援宣言』が終わること、『モーニングショー』を卒業すること、それだけがわかっていた。

「仕事が好きだということに、
失ってから気づいたのだ」

だから神様が与えてくれた最後のご褒美時間だったと思うほど、妄想が妄想を呼び「引き際」すら感じていた。

いてもいなくてもいい人

『TOKYO応援宣言』は途中から『サンデーLIVE!!』に内包された。『サンデーLIVE!!』が始まった直後は番組も手探り状態で、いろんなことを試していた。

そのひとつが『ストレッチLIVE!!』というコーナーだ。共演者とストレッチを教わるという内容で、私は運動着で進行を担当することになった。

でも、コーナーは4回で終わった。

私も『ハナタカ』や『モーニングショー』で立ち上げから番組を見てきた経験はあったので、こういった流れは仕方がないとわかってはいた。「名物コーナーにしてやるぞ!」と内心意気込んでいた私は、ひどく落ち込んだ。

ただ古田さんだけはいまだに、このコーナーのことを思い出しては、ツボに入っている。

悪い人だ（笑）！

そのあと、こんな問題が浮上した。

『サンデーLIVE!!』本体との関わりが、そのコーナーにしかなかった私をひな壇に座らせておくか否か。大人たちに呼ばれて、「どうしたい？」と聞かれたが、私は素直に「座りたいです」と言えなかった。

議論になっているということは、「座らせなくていい」と思っている人がいるのだろうと、なんの得にもならない小さなプライドが邪魔をした。

そんな時だった。

アナウンス部の先輩である野村真季アナが「雪乃ちゃん、1秒でもテレビに映ったほうがいいよ」と、うじうじしていた私に言ってくれたのだ。この本を書く時も、「売れる売れないじゃない。名刺代わりになるから、絶対に書いたほうがいい」と、真季さんはいつも核心を突いた言葉で背中を押してくれる。

「雪乃ちゃん、1秒でも
テレビに映ったほうがいいよ」

ひな壇に「いてもいなくてもどっちでもいい」と思われていることなんて、本当はどうでも良かったのだ。

その時の私には、「すべてをチャンスに変えてやる！」という貪欲さとかわいげがなかった。それでも、「雪乃が座っていたほうがいいんじゃない？」と言ってくれる人もいた。捨てる神あれば拾う神あり。幸い、ひな壇に座らせてもらえることになった。そんな事情も知っている古田さんは、気合十分な私にたくさん球を投げてくれた。

「賞金、気になりますよね。お金の話と言えば、山本アナ、いくらだと思いますか？」
「えーっとーー」とカメラに自分が映ったことを確認して、力いっぱい……。
「35億」（もちろんブルゾンちえみさん風に振り向きながら）。

「あれ、スベってる？　ごめんなさい！」と思う瞬間もあったけれど、ひな壇の一員として皆さんと時間を共有でき、おかげで交流も生まれた。

特に浅尾美和さんとは今でも定期的に朝ごはんを食べる会を開いていて、私の自宅にも遊びに来てくれる。「誰かのために時間を使うのも幸せだよ～」と、家庭を持つことの素敵さを美和さんらしい優しい言葉で教えてくれた。いつも笑顔で安らぎをくれる美和さん。そんな愛情深い美和さんがお母さんなんて！　お子さんたちが本当にうらやましい。

マダガスカルへ行く

2022年8月。私は友寄隆英《ともよりたかひで》さんとマダガスカルにいた。

「友寄さん」と聞いてもわからないかもしれないが、「ナスD」と言ったらわかるだろう。今やたくさんの方に知られているテレビ朝日の社員だ。

「マダガスカル特番」というプロジェクトは2021年から企画されていたが、コロナ禍ということもあり、ロケに行けたのは2022年夏のことだった。

3年ほど前、その打ち合わせがあると上司に呼ばれ、そこでナスD（普段は友寄さんと呼んでいるがここではわかりやすくナスDと呼ばせてもらう）に初めて会った。

「うわ！　アマゾンでとんでもないことしてた人だ！　本物だ！　本当にテレ朝にいるんだ！」

と思った。

そして私が思い出したのは、アナウンサー試験の1次面接で男性の面接官に言われたこと。

「岡山白陵高校出身なんだ！　うちに、同じ高校出身で『黄金伝説』やってる変わったやつがいるよ！」

そう、その変わったやつこそ、ナスDだったのだ。

母校が同じことはナスDも知っていて、「邂逅ですね」と言われた。

「邂逅ですね」――この出会いは、巡り合わせなのだ

「邂逅」――この出会いは、巡り合わせなのだと、ナスDの何気ない一言に、一期一会を感じた。そしてこの出会いが、今まで味わったことのない刺激やテレビマンとしての学びをくれることとなる。

『グッド！モーニング』に入った同時期の２０２１年10月から『ナスＤ大冒険ＴＶ』というバラエティー番組に加入した。文字通りナスＤのあらゆる冒険をお届けする番組。

私は、バイきんぐの小峠さんと西村さん、そして井上咲楽さんとスタジオでＶＴＲを見て、トークをしている。

こんなにお腹を抱えて笑って自由に話して、お給料をもらっていいのかと思うほど、本当に楽しい現場だ。月に1回の収録は、いい意味で気を張らず、普段の自分に近いテンションでコメントやトークすることを許されている。たぶん（笑）。

野生のカメレオン。
カメレオンの手が腕に食い込んでいます！

2022年の5月頃、その夏にマダガスカルへ行くことがついに決まる。何を準備すればいいのか、何を持っていけばいいのか。

アフリカの島国の環境も、ナスDチームのロケも未知数だった。世界遺産を見に行きたがる父に連れられ、高校生までは中国やインド、エジプトなどいろんな国に行った。だから私にも少しだけ海外旅行の耐性はあったように思う。とはいえ、父も母もいない、30歳のいい大人だ。しかも女。

スタッフさんはみんな男性で、唯一通訳さんだけ女性だと聞いていた。

やはり一番に浮かんだ不安は、お手洗いだった。あらゆることを調べた私がたどり着いたのが、女性が立って用を足せる「じょうご」型の排尿器。草むらでしゃがんで、虫に噛まれる心配もない。もし便器が汚くて座れなくても大丈夫。関節痛のある方にもすすめられていた。世界では山登りする人などが使っているらしい。

何が起こるかわからない！　これを使うことがあるかもしれない！　よし、練習だ！と、お風呂で練習した。想像して引いてしまったら、すみません。

この話をすると、「なんでそれを買おうと思ったの？」としつこく聞かれるのだが、それほどに、どんな準備をすればいいのか迷走していた。

でもどうしてもうまくできず、「じょうご」は日本でお留守番。

現地では何度も青空トイレをすることになり、最後のほうは虫が湧いていそうなトイレよりも青空トイレを選んだ。

結局、「じょうご」どころか何も使わない方法が一番しっくりきていた。

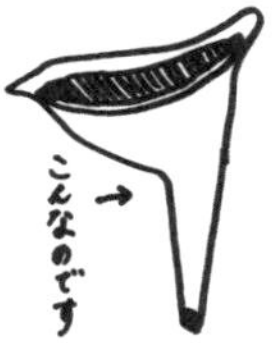

マダガスカルの風を感じて涙が出そうになりました。

大谷さんとナスD

いよいよマダガスカルへ。

ナスDたちはすでに現地に入っていた。帰国は私が先だったので、行きも帰りもひとり旅。これこそが会社員のフットワークである。タレントさんだと、マネージャーさんやメイクさんが同行することもあるが、アナウンサーは一社員。日本全国を回るロケで鍛えられたフットワークを生かす時が来たのだ。

出発の前日にはプロデューサーに呼ばれ、「これが保険です。これがチケットです。これがスケジュールです。あと、お願いがあって、100万円持って行ってもらいたいです」と、現地での必要経費を持っていく〝おつかい〟を頼まれた。

「これが一番のミッションやないか!」と思いながら、リュックを抱きしめて無事マダガスカルに着いた。一晩ホテルにひとりで泊まり、国内線に乗ってスタッフのいる場所へ。アテンドしてくれた人に、このホテルで待っていればいいと言われ、何時間も待ちつづけ、気づけば真っ暗になっていた。ほとんどがはじめましてのスタッフさんなのに、ようやく会えた嬉しさで飛びつきそうになった。

文化・動物・人、そこに生きるすべてが心を動かしてくれたマダガスカル。もしまだご覧になっていない方がいたら、ABEMAの『ナスD大冒険TV』または『ナスDの大冒険YouTube版』でご覧ください！　地球最後の秘境と呼ばれるマダガスカルの世界に大人も子どもも魅了されること間違いなしです。

そしてナスDともうひとり、私をそばで支えてくださった方がいる。

元テレビ朝日社員で、〝伝説のディレクター〟と呼ばれている大谷映芳さんだ。『ニューステーション』のディレクターとして、日本のテレビ局で初めてヒマラヤの奥地・ドルポを取材し、今でも頻繁にドルポに出向いては支援をつづけている。

世界第2の高峰「K2」の西稜世界初登頂、パキスタン・ラカポシ北稜初登攀《とうはん》を果たすなど、登山家としての顔も持っている。

南米ギアナ高地、パタゴニア、チベット、ブータンなど世界の秘境のVTRを100本以上制作してきた、ナスDも大尊敬している革新的な存在だ。

大谷さんは登山家・冒険家がディレクターになったパターン。ナスDはディレクターが冒険家になったパターン。こんなふたりがいるのだ。テレ朝ってすごいなと、我が会社ながら思う。

●この本をどこでお知りになりましたか?(複数回答可)

1. 書店で実物を見て　　2. 知人にすすめられて
3. SNSで(Twitter:　　Instagram:　　その他　　)
4. テレビで観た(番組名:　　)
5. 新聞広告(　　新聞)　　6. その他(　　)

●購入された動機は何ですか?(複数回答可)

1. 著者にひかれた　　2. タイトルにひかれた
3. テーマに興味をもった　　4. 装丁・デザインにひかれた
5. その他(　　)

●この本で特に良かったページはありますか?

[　　]

●最近気になる人や話題はありますか?

[　　]

●この本についてのご意見・ご感想をお書きください。

[　　]

以上となります。ご協力ありがとうございました。

お手数ですが
切手を
お貼りください

郵便はがき

1 5 0 - 8 4 8 2

東京都渋谷区恵比寿4-4-9
えびす大黒ビル
ワニブックス書籍編集部

お買い求めいただいた本のタイトル

本書をお買い上げいただきまして、誠にありがとうございます。
本アンケートにお答えいただけたら幸いです。
ご返信いただいた方の中から、
抽選で毎月5名様に図書カード(500円分)をプレゼントします。

ご住所 〒 TEL (　　-　　-　　)	
(ふりがな) お名前	年齢 歳
ご職業	性別 男・女・無回答
いただいたご感想を、新聞広告などに匿名で使用してもよろしいですか? (はい・いいえ)	

※ご記入いただいた「個人情報」は、許可なく他の目的で使用することはありません。
※いただいたご感想は、一部内容を改変させていただく可能性があります。

大谷さんは、語り口からもわかるように生粋のジェントルマン。たくさんの経験と知識を持っているのに、ひけらかすことはない。山の歩き方から、自然のこと、歴史のこと、取材者としてあるべき姿まで、たくさんのことを教わった。

ある日マダガスカルで大谷さんと朝ごはんを食べていると、宿に放たれていた鳥を女性スタッフの方が捕まえた。「キー！　ギャー！」と鳴く鳥は、小屋に連れていかれ、少ししたらその声はピタッと聞こえなくなった。

すると大谷さんが、いつもの穏やかな声で——。

「今日のディナーはチキンかな」

そうか、大谷さんの経験値からすれば、さっきまで歩き回っていた鳥が鶏肉になったことなど、動じるはずもない。人間を含め世界中でさまざまな「いのち」を見てきた大谷さんの目には、私の見る景色とはまるで違うものに映っていた。

おこがましくも、大谷さんとナスDというテレビ朝日を支えてきた大先輩と一緒に「テレビ朝日」という看板を背負ってリポートをすることになった。

ハンサムで優しい大谷さん。本当にありがとうございました。

しかし、思い出したくないくらい、何もかもできなかった。

マダガスカル人のドローンカメラマンに「スゴーイ」とすぐにマネをされるほど、その言葉しか出てこない最低なリポーター。

まるで1年目に戻ったよう——すごくわかります

これまで自分が経験してきたロケは、きっちりとした台本はないけれど着地点はなんとなく決まっているものだったし、インタビューでは相手に聞いてばかり。スタジオのフリートークも、ある程度言葉を用意している。

「目の前の初めて見るものを自分の言葉で表現して、人に伝える」ということをしてこなかったのだ。語彙力のなさ、拙い表現、しゃべり方、自分の声。すべてが不快だった。

「まるで1年目に戻ったよう」

ナスDに打ち明けると、「すごくわかります」とすぐ気持ちを汲んでくれた。

「ここが山ちゃんのゴールではない、通過点だから」と、ここまで来させてもらったのに、何もできていないと気持ちだけが先走る私に、そんな言葉をかけてくれた。

大谷さんとナスDのように、とはいかないことはわかっていたけれど、自分の人間としての〝つまらなさ〟を思い知らされた。

大好きなことや得意なことがある人は、強く、魅力的だ。そして、マダガスカルで出会った、森や山のガイドさんやポーターの皆さん、キツネザルやカメレオンなどの動物たちも。みんな「生きる力」があふれていた。

私には生きる力がない。自分で人生をもっと豊かにする力。人の役に立つ力。

仕事ではあるが、あまりにも貴重な日々だった。

シャワーからお湯も水も出ず、頭が洗えなかった4日間も。電気がつかず、ひとり真っ暗な部屋で「早く朝になれ!」と願った夜も。森でたくさんトカゲを触ったのに、部屋にいた1匹のトカゲに叫んだあの瞬間も。カメラにも映らない一瞬一瞬が、ここに来なければ経験できないことばかりだった。

アナウンサーとしての仕事ぶりでなく、唯一「順応性が高い」ということだけは褒められた。順応性が高すぎたせいか、体調を崩すこともなく、太って帰ってきたことだけは少し恥ずかしい。

隠し撮りしたナスD。背中で教えてくれました。

なんにも「できない」

おまけだが、帰りのマダガスカル空港でも生きる力のなさを象徴する出来事があった。ガイドさんと別れ、ひとりチェックインカウンターに行き、フランス語で書かれたＰＣＲの陰性証明を出した。

「どこに行くの？」と英語で聞かれ、「成田」と答えた。

すると、「English, only」と返ってきた。私が差し出したフランス語の証明書ではなく、英語版の陰性証明書でないと、飛行機に乗れないというのだ。まったく英語を話せない私は、「I can't. Alone」としか言えず、ここにきて帰れないかもしれない不安にかられ、泣いた。

初対面の赤の他人のマダガスカル人の空港のお姉さんの前で泣いたのだ。

今思い返すと笑えるのだが、その時は「オワッタ」と絶望した。大谷さんに助けを求め、ガイドさんに連絡をしてくれてなんとか英語版をゲットし、〝関門〟を通過。

アフリカのハブ空港であるエチオピア空港に向かう便に並んだ。にぎやかで大きな人ばかりだと思っていたら、みんなバスケットボールのＵ－18のアフリカ代表の選手たちだった。

ちょうどマダガスカルで大会が行われていたのだ。

離陸後、しばらくして、背もたれが動く動く。どこかの国の監督が集まり、ひとりが私の座席に寄りかかっていた。こんなに盛り上がっている飛行機は人生でも乗ったことがないくらい、空の上の不安定な空間と思えないほど多くの人が立っていた。

横に座ったアンゴラの女子選手が話しかけてくれた。日本のことは知らなかった。私だって「アンゴラがどんな国か知っていますか？」という質問に答えられない。狭い機内で、世界の広さを思った。


去年の5月にも同じチームでニュージーランドへロケに行った。そこでも私がまったく泳げず、ナスDを少しだけ焦らせた。「イルカと一緒に泳ぐ」ということで、シュノーケルの使い方も前日に教えてもらった。

「シュノーケルに水が入ったら、強く吹くんだぞ」とまるで何かの拷問みたいな様子だが、みんな練習に付き合ってくれた。

何度も見返してもこの写真は笑える。

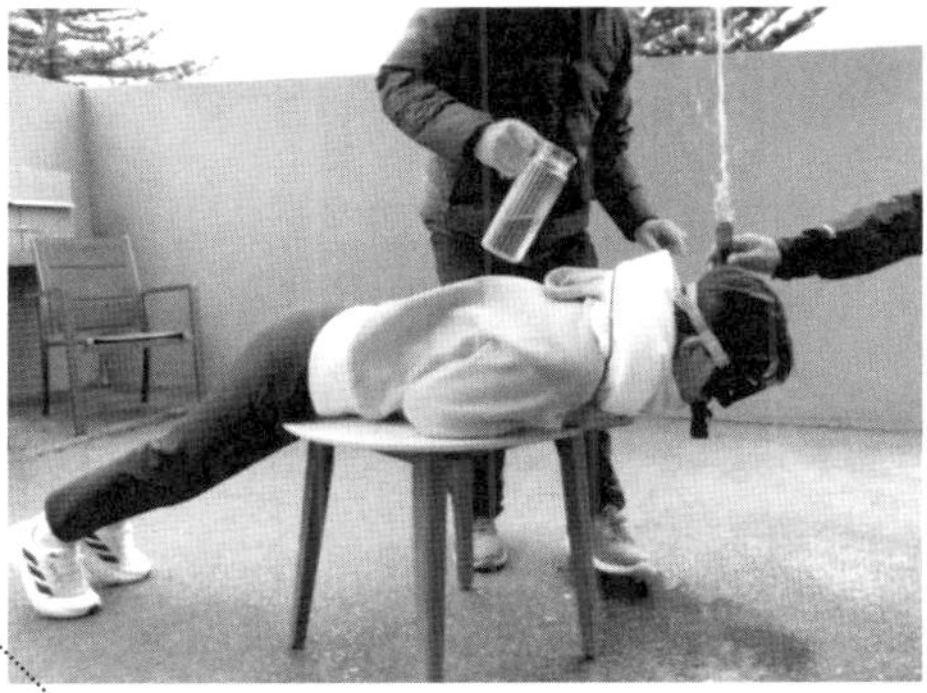
初シュノーケル！シュール(笑)！

しかし、いざ海に入ると、シュノーケルに水が入るどころか、一切泳げず、最終的にただ浮くことしかできなかった。

本来は楽しくイルカと泳ぎ、潜る映像を撮るはずなのに。

それでも、「泳げないから撮れたストーリーがあった」と、ナスDの人間性とテレビマンとしての器量に救われた。

無事ロケが終わったあと、ロケ車でナスDが切り出した。

「山ちゃん、小学校の時の記録16メートルって言ったけど、違うと思う」

「あ、もっと泳げてましたかね？」

「60センチの間違いやと思う」

みんなで大爆笑した。ナスDは真面目で優しくて面白い。

ポジティブすぎるかもしれないが、「できること」だけじゃない、「できないこと」もその人の個性だと気づかせてもらった。無論、泳ぎはできるに越したことはない（笑）。

大谷さんとナスDというテレビマンとしても人としても尊敬できる存在と巡り会えたこと。この上ない「邂逅」を無駄にしないよう、たくさんのことをこれからも吸収していきたい。

『モーニングショー』卒業時に羽鳥さんがくださったグラス、大切に使っています。本当にありがとうございます。

2年ぶりのジャージで賞！

6年間担当した『モーニングショー』は、2021年の9月末に卒業した。

羽鳥さんとの出会いが、私のアナウンサー人生にとって、一番の財産となった。

「羽鳥さんとまたご一緒できるよう、仕事を頑張ろう！」

前向きに考えたことが良かったのか、その願いは3カ月後に叶った。元日放送の『羽鳥慎一モーニングショー新春特大スペシャル』の中継を担当することになったのだ。

衣装は小豆色のジャージ。2年ぶりのジャージ姿に『助っ人にゆき～の』のスタッフさんは喜んでくれた。

大分県中津市の古羅漢からのドローン中継。ロケの経験はたくさんあるが、長い中継は柴又で草団子を売った時以来。ましてドローンとの中継は初。

しかし、今振り返っても自分で自分を褒めたくなる仕事は、あれが初めてだった。

大晦日の朝、大分に入り、何度もリハーサルを重ねた。ドローンに向かって話すので台本はまるっと覚えた。

もしドローンが飛ばなかった時はどうするか、どんなトークでつなぐのか、スタッフさんとの入念な準備と打ち合わせが、本番で存分に生かされた。

生放送での羽鳥さんとのやり取りは6年を凝縮した信頼関係の賜物で、羽鳥さんのおかげで皆さんを楽しませることができたと思う。

放送終了後、「最高でした。100点」とLINEをいただいた。自分なりの手ごたえも相まって、本当に嬉しかった。

思っていた以上に反響があり、「雪乃の瞬発力とアドリブ力だね」と言ってくれる方もいたけれど、自分の中では、瞬発力でもセンスでもないとわかっている。リハーサルや準備の段階で出てきた言葉を、たまたまタイミングよく出せただけだった。

すべてはドローンチームやスタッフさんが私の練習にたくさん付き合ってくれたおかげだ。

準備と練習の大切さを教えてくれる仕事。

ドローン中継は今年が3回目だった。

毎年呼んでもらうには、中継の完成度を上げていくしかない。

『モーニングショー』のレギュラーだった時でも、元日特番に出られなかったこともあって、そんな元日は、番組内での自分の存在感のなさが身に染みた。

だからこそ、今こうして、年の終わりと初めに、初心に戻ったような緊張感のある仕事ができることが嬉しくて仕方がない。

「お正月からアナウンサー冥利につきるお仕事ができているね」

「あんなにジャージが似合うアナウンサーはいない」

スタジオでコメンテーターの浜田敬子さんにいただいた、温かい言葉。

着物を着られるアナウンサーはいいなぁと、もちろんうらやましい気持ちはある。

それでも、羽鳥さんや浜田さんの「晴れ着だ！　あなたの晴れ着だね！」という、優しいいじりがありがたくて、このダサいジャージを誇らしく思う。

「あんなにジャージが似合うアナウンサーはいない」

年に一回の〝晴れ舞台〟に向けて、家で大切に保管している（笑）。

初めてのドローン中継から8カ月ほど経った時のこと。

たくさんのスタッフさんのおかげです！　最高のチーム！

アナウンス部で久しぶりにお会いした山口豊アナが「だいぶ前だけど、雪乃の元日の中継、素晴らしかったね！」と声をかけてくれた。後輩の仕事ぶりを見て、言葉をくれる先輩方の存在が本当にありがたい。

ちょうどその頃、「ANNアナウンサー賞」のエントリーが始まっていた。ANN系列のアナウンサーがリポートや実況、ナレーションなど、年に一度自信のあるものを作品としてエントリーし、のちに新人賞や優秀賞が発表される。

5年目までは新人賞枠として必ずエントリーしなくてはいけないが、優秀賞に当たる6年目から16年目までは参加自由だ。

アナウンサー賞には苦い思い出がある。

3年目の頃、『ハナタカ』は担当していたが、数秒のVTRフリを作品としてエントリーするわけにはいかず、自分がちゃんとしゃべっているものを探すのに苦労した。

結局、私が提出したのは、『モーニングショー』でタレントさんふたりと食リポをしたロケのVTR。

ラーメンを口いっぱいにほおばってしまった私が「そんないっぱい食べたら、しゃべれないだろ！」とタレントさんにツッコまれている。ツッコミ通り、ほぼしゃべっていない。アナウンサーなのに〝しゃべっていない〟作品をエントリーした、と部内で噂はすぐ広まり、お叱りも受けた。裏でもいろいろ言われているんだろうなと想像はついたし、そりゃ怒るかとも思った。でも、しゃべる仕事がなかったのだ。

言われなくても自分が一番わかっている。現実に、情けなさに、苛まれた。

だから参加義務が終わった時は肩の荷もおりて、アナウンサー賞は自分には関係ないものにしてしまっていた。

そんなアナウンサー賞に、まさか自ら応募するとは。山口さんのお褒めの言葉に背中を押され、勝負してみたくなった。自分だけじゃない、周りも納得してくれる作品を出す日が来るなんて、3年目の自分が聞いたら驚くだろう。

推薦書はもちろん山口さんにお願いし、とても丁寧に愛情たっぷりに書いてくださった。

そのおかげで、番組部門の優秀賞をいただいた。

生まれてこの方、なんの賞もとったことがなかったので、誇らしく盾を玄関に飾っている。

羽鳥さんはじめスタジオの皆さん、素晴らしい中継スタッフたち、そしてきっかけをくれた山口さんに心から感謝している。

フリーアナウンサー

羽鳥慎一×山本雪乃

テレビ朝日アナウンサー

奇跡のご褒美対談！

呼んだら来てくれた！

『羽鳥慎一モーニングショー』でロケを担当してきた山本アナが尊敬してやまない、羽鳥慎一さんとの対談が実現（2024年1月12日）。「聞く力」や「回す力」、羽鳥さんが知る山本アナの素顔、さらにブレイクするためのヒントなどについて、語り合ってもらいました。
「羽鳥さんの優しくて愛あるイジリに感激です！」（山本）。

――まずは、改めて羽鳥さんに山本さんと出会った頃の印象から伺いたいと思います。

羽鳥（以下、羽）初めて会ったのっていつ？

山本（以下、山）『モーニングバード』から『モーニングショー』になった時なので、2015年です。

羽 そうか。本当にね、明るく楽しく、人にイヤな感じを与えず、すごく好印象でした。今も好印象ですけど。人柄はずっと100点満点です。なんで売れないのかな～（笑）。

山 本は売れてくれ――！

羽（笑）。全力でふざけることもできるんですけど、基本は真面目で、アナウンサーとしてやることはちゃんとやってる。何も考えずに適当にやるのではなく、基本はしっかりしている上で、そこから

はみ出すこともできる。本当にすごい。

山 嬉しいな。でも、最初の数年は何もできてないんですよ。それが初めて「（羽鳥さんと）信頼関係が生まれたかも！」と思った忘れられない瞬間があって。コロッケさんにモノマネを教わるっていうロケで倖田來未さんのモノマネをさせてもらって、そのVTRのあとに羽鳥さんがスタジオで「ね、倖田來未さん」って振ってくれたんです。

羽 おぉ〜、全然覚えてない。

山 ヤだ〜（笑）！　それで私がとっさに、「めっちゃええで！　な！」ってモノマネで返したんです。私を信頼してくれて「いけるかも」って振ってくれたんじゃないかなって。

羽 そうだね。そういう反応ができる人だろうなって。中継での反応もすごい。今は『モーニングショー』の元日特番で中継をやってもらってますけど、台本を見ても「雪乃さん：いつも通り」みたいな。スタッフにも任せて大丈夫って思ってもらえてるってことだよね。なんでもっと大事な場面を任されないのか（笑）。

羽鳥さんは絶対拾ってくれるんですよ！たとえスべっても、おいしくしてくれます！（山本）

山 任されてますって（笑）！　でも羽鳥さんは、中継でもスタジオでも、何をやっても絶対拾ってくれるんですよ！　たとえスべっても、おいしくしてくれます！

羽 そうやって回収してあげたくな

5年前にロケに行った
農家さんから、いまだに
みかんが送られてくるって
すごくない？
（羽鳥）

るのも、雪乃ちゃんの人柄だと思う。普段と変わらないし、いい距離感で話せる。スタッフさんもみんな「雪乃ちゃん」だもんね。それに、5年前にロケに行った農家さんから、いまだにみかんが送られてくるってすごくない？

山 農家さんがすごくいい方で、早生みかんとか、時期ごとにいっぱい送ってくださるんですよ。

羽 そういう農家さんが1軒だけじゃないでしょ？

山 はい、れんこん農家さんや晩白柚農家さんからもいただきます。

羽 やっぱり人柄だね。人柄95％、アナウンス力5％。

山 5％!? こら〜っ（笑）。

――羽鳥さんの記憶に残っている山本さんのファインプレーはありますか？

羽 基本的に覚えてないんですけど（笑）。全部面白いんですよ。『モーニングショー』でも、元日は絶対に呼ばれるもんね。

山 すごく嬉しいです。3年前の大分の古羅漢《ふるらかん》からの中継で、まさかのANNアナウンサー賞をいただきました。

羽 ドローンが穴を通る中継か。あれは良かったね。でもあれは雪乃ちゃんもだけど、ドローンを操縦した人がすごいよね（笑）。

(山)はい、もう素晴らしい操縦で。私はずっとふざけてました（笑）。

(羽)穴に通すのって技術的にすごく大変なことみたいで、見る人が見たらすごい中継なんだけど、それをいい意味ですごい中継に見せないというか、楽しく見せてたなって。「こういう気象条件がありまして、ドローンの操作はすごく大変なんです、どうぞ」って言われると、見る側は「ちゃんと見なきゃな」ってなるけど、「大変なんです、ここ通すの。ほら通った～！」って言うと、「おぉ～、通った！」って盛り上がる。すごさがすっと伝わってくるというか。その能力がすごい。

(山)それはやっぱり教わってきたものがあるので、ありがたいです。

(羽)あとはアナウンサーカレンダーかな。みんなお花とかと写ってるのに、雪乃ちゃんひとりだけ馬と写ってるから。

(山)違う、餃子です！

(羽)餃子もおかしいけど（笑）。

(山)私が卒業してからも、『モーニングショー』でアナウンサーカレンダーの私をイジってくださって。でもイジられるにしても、やっぱりうまくイジってくれる人じゃないと見え方も悪くなっちゃうので、羽鳥さんとご一緒できて本当にラッキーだったと思います。

(羽)イジられようとしてないから、ワザとらしくないんだと思う。

(山)最近はちょっと自分の中であざとさも出てきたんですけど……リハでも使わない隠し球を仕込んでみるとか。自分を出すことにちょっとトライしてるんです。ほかの部分は、恥ずかしいけど、とにかく全部練習ですね。

(羽)そうだよね。今年はトロッコ列車の中継だったから、大変だったと思うんですよ。何分何秒に列車が来るから、それまでに言い終わらなきゃいけない、とか。でも、やるべきことは秒単位できっちりやって、間にふざけた感じも入れられる。それって、基本ができてるっていうことだから。

(山)そこは信じられないくらい練習してます。「羽鳥さんのひと言で（覚えた台本が）全部飛んじゃったらどうしよう……」とか、不安は常にあるので。でも、始まってしまえばなんとかなる。それも、羽鳥さんのおかげなんです。羽鳥さんの相づちって、全然邪魔じゃないって言ったらあれですけど……なんというか、天才的なんですよ。

羽 良かった。帰ろうかと思った。

山 いやいや（笑）。私が代役でアシスタントをやった時も、台本を読み始めたら「ふーん」とか「へぇ～」とか言ってくれて。それって、私のためであり、その先の視聴者の方にわかりやすく伝えるためでもあるんですよね。間を置いてしゃべったほうが伝わるような時に、相づちを打ってくれる。これは身をもって知ったことですけど、本当に難しいし、ほかの方で見当たらないというか……。

羽 ごめんね、そこまで考えてなかった。

山 えっ!? 中継してても、1回呼吸を整えたり考えを整理したりできる、すごくありがたい間なんですよ。それも優しさというか。だから、羽鳥さんも人柄が100点満点です！

羽 たぶん、雪乃ちゃんが自然に言える感じを出してるんじゃないかな。中継で予定にないことを質問

羽鳥さんの相づちって、全然邪魔じゃないって言ったらあれですけど、天才的なんですよ。
（山本）

してもちゃんと答えられるし、入れておくべき知識のちょっと外側までちゃんと頭に入ってる。その想定をさらに外れた質問をしても、焦らず、こちらが困らせているように見えない返しができる。だから、雪乃ちゃんは「基本がちゃんとできてる変な人」。これはもう最高だと。

㊗羽鳥さんにここまで言ってもらっているのに、誰からも憧れられてないのはなんなんですかね……。

羽なんでだろうね（笑）

――ほかに山本さんが羽鳥さんから学んだことはありますか？

㊗今は他局を見ても「アナウンサーが伝えていい時代」みたいになっていて、自分の言葉で思いを伝えるアナウンサーが増えてきていると思うんです。でも、羽鳥さ

雪乃ちゃんは「基本がちゃんとできてる変な人」。これはもう最高だと。（羽鳥）

んは多くを語らずとも、間や表情、ちょっとしたひと言で伝えられるんですよね。それが羽鳥さんの言う「出すぎず、引きすぎず」っていうことなのかなって。

羽難しいよね。「元日の中継なら前に出たほうがいいんだけど、番組を仕切る立場なら、たくさんしゃべって進行もしてるのに、見ている人が「あれ、今の人誰だったっけ?」ってなるのが100点なんだと思う。

(山)バラエティーでも、「オンエアでひと言も使われないアナウンサーが優秀」とおっしゃってましたよね。

(羽)僕が思ってるだけだけどね。収録でいっぱいしゃべって進行して、放送見たら1秒も出てない、っていうのがアナウンサーとしては100点じゃないかなって。

(山)それって羽鳥さんしか言ってないことですよね。すごくカッコいいと思います。でもやっぱり、アナウンサーだってみんな（テレビに）映りたいし、しゃべりたい。特に私ぐらいの知名度だと、もっと知ってもらいたくて前に行きたくなるんです。

(羽)なんで売れないのかねぇ……（笑）。特番なんかバンバン出てもいいはずなんだけど。本当にすごい存在だということに、みんなもっと気づいたほうがいい！

(山)ありがたいです。あと、せっかくの機会なので聞いてみたいことがあって。インタビューの仕事の中で「今日は失敗したな」と思うことも時々あるんです。羽鳥さんは「うまくいった／いかなかった」っていう仕事の基準はありますか？

(羽)「予定にないことをどれだけ聞けたか」かな、失礼なく。ちゃんと必要な情報について聞ければVTR的にはOKなんだけど、ちょっと変なことも聞けたほうが面白いじゃない。安住（紳一郎）くんはその天才なんだよ。ちょっと横柄な言葉遣いをしても、誰も嫌悪感を持たない。あそこまでいけたら究極だと思う。

(山)そうですよね。私も「気に障る聞き方しちゃったかな？」とか気にしてしまうので。私は「聞く力」はあんまりなくて。

(羽)あると思うよ。カメラが回る前にわーっと話して空気をつくるのも聞く力だし。それはできてると思います。映っているところが2ぐらいだったら、（映っていない）8が大事だもんね。

(山)そうなんです。その8が一番大切ですよね。

(羽)そう。聞いていることは普通でも、答える人が生き生きしてると、見えないところで相手との関係ができてるんだな、と思うから。そういう部分を見る人は見ていて、「次も雪乃ちゃんで行くか！」ってなるんじゃない？

山 その言葉、嬉しすぎます。使われないところで心を込めて（作品などの）感想を言うようにしています。それで信頼関係が生まれるんですよね。変にこねくりまわした質問をせず、短い質問で大丈夫なようにすることが大切だと思っています。ＶＴＲでは私の質問より、取材相手の方の言葉をたくさん届けたいので。

羽 それ大事。

山 もうひとつ聞きたくて。仕事のモチベーションってどう保ってますか？

なんで売れないのかな～（笑）。あとはきっかけじゃないかなぁ。（羽鳥）

羽 みんなが楽しそうだと、自分も楽しい。それは情報番組でも同じで、昔から変わらないかな。雪乃ちゃんはモチベーションあるの？

山 テレビ朝日のアナウンサーとしては、やっぱりお仕事をもらえることだと思います。

羽 なるほど。今は毎日番組に出られてるもんね。

山 だから、今が一番楽しい。ピークかもしれない。

羽 いやいや、もっと（上に）行けると思うんだけど、行かないんだよ～（笑）。で、フェラーリのような後輩が横を通過して先に行っちゃう。

山 そうそう！ 私はずっと……軽トラで（笑）。羽鳥さんのような、息の長い活躍ができるアナウンサーになりたいです。

羽 モチベーションが変わらないからいいのかも。「みんなが楽しそうだったらいいな」って本当に昔から思ってた。「情報番組に出てくる人は田舎のおばあちゃんとか、テレビの人だけじゃない。そういう人に『出て良かった』と思ってもらえるように、ちゃんとやれ」って昔偉い人に言われたんだよね。

(山)そう考えると、インタビューを受けてくださるって本当にありがたいことですね。一生に1回のことを「とってもいい思い出」にできるかは、私たちのインタビューにかかっている。

(羽)それができてるから、今でもみかんを送ってもらえるんじゃない？ そこは本当にすごい。でも売れてない（笑）。だから、あとはきっかけじゃないかなぁ。

(山)きっかけか〜。じゃあ、チャレンジするチャンスをもらえた時には、150％の力で頑張ります！

羽鳥慎一◎はとり しんいち
1971年生まれ。埼玉県出身。1994年に早稲田大学を卒業し、日本テレビ入社。プロ野球中継の実況などを経て『ズームイン!!サタデー』、『ズームイン!!SUPER』の総合司会を務める。2011年のフリーアナウンサー転身後は『情報満載ライブショーモーニングバード!』から『モーニングバード』、『羽鳥慎一モーニングショー』（すべてテレビ朝日）と、10年以上にわたりキャスターを務める。このほか『ぐるぐるナインティナイン』（日本テレビ）など出演多数。

第6章

山本雪乃は
こんな人です。

HOP!
STEEEEEP!
PINK!

母のおにぎり

『グッド！モーニング』についたばかりの頃、たまたま母が東京に来て、ごはんを作ってくれていた。

「明日の朝ごはんにこの炊き込みごはん、おにぎりにして持っていこう！」

私のこの言葉がきっかけで、母が冷凍したおにぎりを岡山から送ってくれることに。

1回目の出番が終わる6時頃に母のおにぎりを食べることがルーティンとなった。32歳にもなって、まだ母の手を借りているのかとあきれられるだろう。そのおにぎりを衣装写真とともにインスタグラムにアップするようになると、思っていた以上の反響があった。

「おにぎりのレシピ本出せばいいのに！」

「お母さまのレパートリーの広さに毎回感心させられます」

「一句できました。おにぎりが　母娘の愛を　結んでる」

フォロワーの方々のとても温かいコメント。

その声に母も喜んでくれて、小さな親孝行にもなった。

『モーニングショー』で7年前までご一緒していた気象予報士の二村千津子さんは、「これでおにぎりを作ってもらって」と、たびたび福井からおいしいお米とごはんのお供を、岡山の実家に送ってくれる。本当にありがたい。頻繁《ひんぱん》には会えないけれど、今でも母のような優しさをくれる二村さん。いつからか、「かあさん」と呼んでいる（笑）。

母がこれまで作ったおにぎりの種類は優に200を超える。一度に70個ほどのおにぎりを冷凍して送ってくれるのだが、そのバリエーションはものすごい。

毎回20種類以上。なんでも握ればおにぎりなんだなと、母のおにぎりで知った（笑）。

無償の愛――とてもくさい言葉だけれど、母のおにぎりはそれそのものだ。

彼女がすごいのは、それを2日ほどで作ってしまうところ。

先日も「うちの冷蔵庫すごいわー、買ったものは鯖と梅だけ」と言いながら、お肉系から変わり種まで何種類ものラインナップが送られてきた。

「つまみにもなるからええわー」

私も料理をするのでわかるが、料理とは食材と同じくらいやる気が必要。家族のためにごはんを作りつづけた母にとっては当たり前のことかもしれないが、今でも私のために時間を割いてくれること、尊敬と感謝の気持ちでいっぱいだ。

「ママもゴルフ行く前に食べるし、つまみにもなるからええわー」と、親子間の気遣いも彼女から学ぶ。

「還暦にして、自分の才能見つけた！」と母は言うが、料理が趣味や特技というわけではない母がここまでできるのは、やはり愛情だろう。手間をかけ、子どもにも孫にも愛を与えることが彼女の一番の特技だと、娘ながらに思う。それは愛犬のアニーにも。

「アニーにいいようにしてあげたいんじゃ」と。

アニーがうちに来る前から、私が使わなくなって母にあげたレッグウォーマーを解体し、アニーサイズの寝袋を作っていた。それを気に入ったアニーには、母の愛情がきっと伝わっているだろう。

中学1年生の時、珍しく父も母も用事でいない日、母方の祖父母がうちに来てくれたことがあった。ばあちゃんが作ってくれたおにぎりの味を今になっても思い出す。

じいちゃんが漬けた梅干しを入れて、大きな海苔で巻いた。味付けのりではなく、少し固めの手巻き寿司用の海苔。シンプルなのに特別な味がした。

こうやって作っているそうです！
巻末におにぎり写真があります。ぜひ見てください！

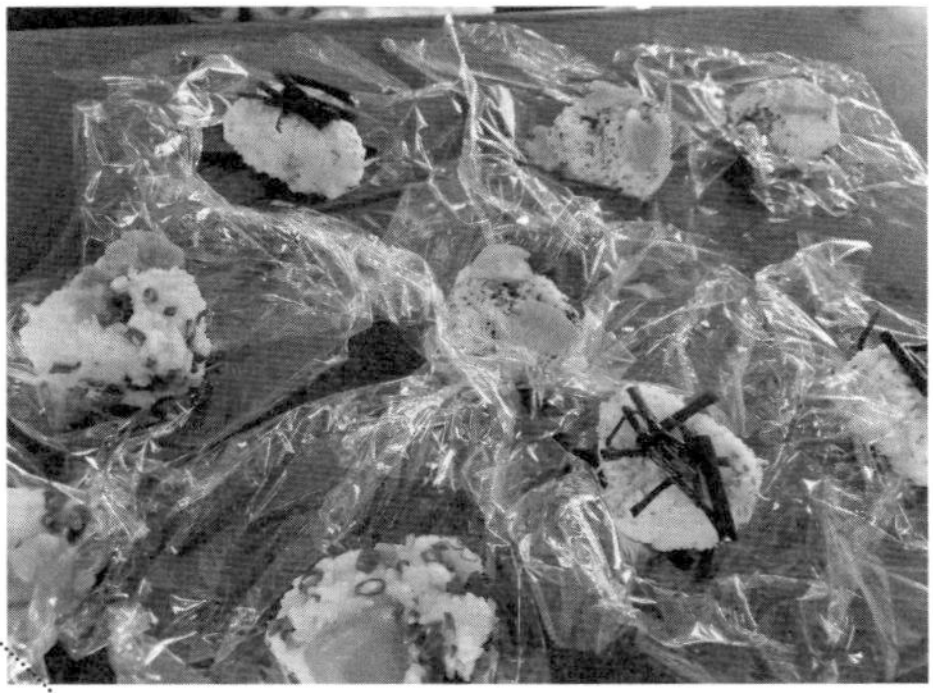

〝おにぎり〟は

ばあちゃんの……の形。

手の温もりが……ても味わえている。

本当に幸せな……

母の愛

大学卒業後、すぐに父と結婚した母は、社会人経験がない。それが彼女にとってコンプレックスのようだが、スーパー主婦として家族を支える母はいつも強かった。

母がある時こんなことを言った。

「小さい時にもっと
抱きしめておけば良かった」

「小さい時にもっと抱きしめておけば良かった」

子ども3人を育てる多忙な日々に追われていたのだとわかる。

ずっと見ていられる。自慢の宝物です。

「かわいいね、かわいいね」と、ギューっと抱きしめてもらうような愛情表現は父に比べると少なかったのかもしれない。しかし、確実に母は無償の愛を注いでくれていた。

幼稚園に入る3歳の時、私にひらがなを教えるのを忘れていて、母は慌てたそうだ。「ゆきの」すら読めないので、持ち物にはピンクの星のマークが描かれていた（笑）。

そんな私のために、周りの子のワッペンが付いた幼稚園のサブかばんとは違い、ひらがな50音が刺繍《ししゅう》されたかばんを手作りしてくれた。幼稚園の時の記憶はあまりないけれど、その刺繍かばんを見るたびに母の愛情を感じる。

兄ふたりが少年野球に打ち込み、両親もかなり忙しかったはずなのに、どこに手作りする時間があったのかと、本人も不思議がっている。

そして驚くべきは後にも先にも刺繍はこの1回だけ。

だから30年ほど経った今でも、その時使っていた刺繍糸が裁縫箱に残っている。

「刺繍が得意な人が見たら、素人ってバレるわー」というが、誰に見せても感動してくれる。

色使いや柄のセンスだけではなく、そこに宿る母の愛にグッとくる。

世界にひとつだけの宝物だ。

中学に入学して間もなく、母と一緒にお風呂に入っていたら「あなたに関する話を、ほかのお母さんから聞くなんてことは許さんからな」と言われたことがあった。

実はその日、母に伝えておかないといけないことがあったのだ！　その時私は思った。「魔女だ。この人のことは欺けない。裏切れない。１００倍返しくるぞ」と（笑）。

母へ、いつも一番の味方でいてくれてありがとう。

そこからか、なんでも母に話すようになった。

時に母の強さは私を弱くさせることもあった。

でもそれは母が怖いからではなく、自分の意志の弱さだとわかっていた。

社会人になり、悩みも大きくなった一方で、母以外にも意見をくれる友達や同僚ができて、母への依存心も少しずつ弱まっていった。ただ今でも友達は「雪乃、ママにそんなことまで話してんの？」とぶったまげる。

私がどんな話をしても母はびくともしない。びくともしないから、私も赤裸々に話す。

周りが驚くほど、母は柔軟な人らしい。

仕事のことから恋愛のことまで、たくさんの理解とアドバイスをもらってきたが、「あなたが気づくまで」「あなたが自分で気づかないと」と、最後はいつも私に自分で判断させた。

私の環境や周りの人との関わりの変化を、よく見て、よく聞いて、理解してくれている。

親子の距離感は永遠のテーマであり、正解はない。支配されているわけでも、友達親子なわけでもない。でも、この人から生まれたことを自慢したくなるような母であることは間違いない。

この先、ともに歳を重ね、関係は変化しつづけるだろう。

見返りを求めないことの美しさを教えてくれた母に私は何を返せるだろうか。

この本がそのひとつになればと思う。

〝評価〟は…気になる…人間だもの

「アナウンサー」という立場は時に残酷で、「アナウンサーのくせに」なんて言われることはしょっちゅう。私たちもバカじゃない。

そう思われないようにオンエア以外でもあらゆる場所で気をつけてはいる。

例えば、バラエティーの特番収録を終え、「PR用に写真を撮ります」と言われた時。そのPR写真に自分も入るか入らないかわからない気まずい状況だ。入ると思って、「あ、山本アナは抜きで」なんて言われる、恐ろしいことは避けたい。「もちろん私は入りませんよね」の顔で、周りにも気を遣わせないよう、サササッと隅にはけ、忍者と化す。これが実情であり、あるあるだ。

気遣いではなく、絶対にPR写真に入ってほしいと思われるアナウンサーは一握り。

番組ポスターに「なれる人」「なれない人」——そこがゴールではないのだが、人一倍強い自己顕示欲が自分たちを苦しめる。

アナウンサーになれた時は、みんなが祝福してくれた。はじめてのテレビ出演は、地元のスターになれた気分だった。大きな番組に出ると、たくさんのLINEが来た。

そんなふうに輝きを届けられる職業だ。

しかし、その時期を過ぎれば、「仕事」になる。そして「何に出ているの?」という無垢な問いが、トゲのようにチクリと突き刺さるのだ。アナウンサーという仕事の「内容」に魅力を感じて自ら選んでいるのに、「知名度」や「人気」という言葉に一喜一憂する。エゴサーチをして傷ついたり、嫉妬したりすることもたくさんあった。

周りを見れば、英語が堪能な人、かわいくて華がある人、特技がある人など、何かに秀でている人ばかり。一気に自分の人生に自信が持てなくなったこともある。自分には何もないと思ってしまうこともあって、こんなにも大切に育ててくれた両親に申し訳なくなった。

言葉では説明できないつらさに耐えられず、岡山に帰ったこともある。本当は、アナウンス力もなく、テレビに出ることのほうがよっぽど怖いことだったのに。

あの時は心がえぐられるようだったけれど、おかげで気づけたこともあった。

風呂敷にお重！　本当に豪華なお弁当でした。

急に帰ってきた娘に父はなんと声をかけていいかわからなかっただろう。

いつも通り「雪ちゃん、おかえり」と駅まで迎えに来てくれた。

一方の母は私を慰めることはせず、手料理で迎えてくれた。翌日の豪華な朝ごはんと、「新幹線で食べなさい」と持たせてくれた大きなお弁当。いつも以上に母の愛情を感じた。

そして、これだけ言われた。

「あなたの人生と、そのうらやましい人の人生、全部まるっと交換したいの？」

力いっぱい首を振った。

「雪乃の周りにいる人も全部変わっていいの？」

家族も友人も、仕事でお世話になっている人も、みんなの顔が浮かんだ。

何もなくなかった。私にはもったいないほど人に恵まれていた。たくさんあったのだ。

今でもつい人と比べてしまう時は、母の言葉を思い出すようにしている。

そして自分が大切にしたいことは、自己実現よりも前に、周りの人なのだと心に刻んだ。

いくら大きな番組についていてもいつかは終わる。残るのは過去の栄光や貢献、そして「人」だ。困った時に手を差し伸べてくれる人。

その場の仕事を一生懸命頑張ることは自己表現だけではなく、共演者との信頼にもつながる。信頼を深めれば、仕事中も助けてもらえる。ありがたいことに、私もいろんな方に出会い、番組が終わってもかわいがってもらっている。時間をかけて築いたものがあったのだと思う。

「雪乃の周りにいる人も全部変わっていいの？」

それが自分の成果でもある。

時間はかかったけれど、周りの人のおかげで、今こうしてやりがいを持って仕事ができているることに本当に感謝している。

上司に、「低空飛行でいい。アナウンサーになれたことだけでも十分だろ」と言われたことがある。欲深くならずにいられたのは、その言葉のおかげかもしれない。そして高く飛べるほどの実力も人気もなくて良かった（笑）。


「小さな達成感」。

仕事をする上で私が一番大切にしていることだ。大きな評価を求めることは自分を追い詰める。そして評価されようと自分を大きく見せることは、自分をすり減らす、と私は思う。

今日は渾身の一言が出た！

取材した人が楽しそうだった！

スタッフと大笑いできた！

自分的にいいロケができた！

他者からの評価は風向き次第ですぐ変わる。でも自分の中での達成感ややりがいは自ら決められる。そのための環境とマインドは自分で作らないといけない。切磋琢磨《せっさたくま》できるスタッフとの関係、些細なことでも楽しめる気持ち、どこかに課題を見つける向上心。

「やりがい」は適当に仕事をしていると見つかりにくい。「小さな幸せ」を見つけるように、仕事の「小さな達成感」も良い意味でハードルを下げて感じたい。それが次の仕事へのモチベーションにつながる。

周りからの評価が気になって仕方がなかった自分がいたから、今はもっと現場を大事にできていると思う。

と言いつつも、人はそう簡単に変わらない。エゴサーチはやめたが、周りからの評価は今でも気になる（笑）。そして私もいつか番組ポスターになってみたい!!

いつも一緒の〝相棒〟

毎晩寝る前に必ずすることがある。

翌朝に食べる「母のおにぎり」と空の水筒をキッチンの定位置に置くことだ。夜中にキッチンペーパーの上で自然解凍させて、翌朝アナウンス部の電子レンジで温め、朝6時に食べる。朝のルーティンのための夜のルーティン。

ピンク・水色・黄色・紫！　派手です！

おにぎりルーティンで、毎朝心と体の健康を感じる。同じ時間にお腹がすいて、おいしく食べられることが健康の証。おにぎりを食べて、さらにエネルギーが湧く。「ありがとう」と「いただきます」の気持ちでいると、心まで元気でいられる。

そして水筒も必需品だ。8年ほど前の『モーニングショー』のロケでいただいたもので、本体や持ち手などの色は自分で選ばせてもらった。

毎朝、会社の給湯器でお湯を入れるのがルーティン。スタジオでもインタビューの現場でも水筒がないと落ち着かない。うっかりどこかに置いてきてしまったり、インタビューの直前に喉を潤したくなったりすると、必死で探し始める。

スタッフさんもわかってくれているので、私が「あっ」と動くと、「水筒ですか?」と、気づいてくれて持ってきてくださる。ありがたい。緊張で喉の奥が渇いている気がするのだ。

『グッド!モーニング』について半年が経った頃、声帯炎で急に声が出なくなった。今まで2度患っていて、番組に迷惑をかけた。

それもあって、以前は好きな紅茶のティーバッグを入れていたが、医師からのアドバイスもあり、ただのお湯にして、とにかく喉を乾かさないようにスタジオでも何度も飲む。緊張するインタビューの前でも一口飲めば、少し落ち着く。毎日洗って毎日触れているからか、その水筒じゃないとソワソワする。それくらい大切なお守りだ。

言い方・伝え方・返し方

仕事をする上でも、プライベートでも、心掛けていることがある。それはすぐに返信することだ。あまりのスピードに、スタッフには暇人でいつも携帯を見ていると思われているだろう。ロケをしていたり、寝てしまっていたりする時以外は、なるべくすぐに返すようにしている。確かに暇なのかもしれない!!

仕事の連絡や相談、先輩からの連絡、予定の確認などは特に気をつけている。

恋の駆け引きのアドバイスでは必ずと言っていいほど、「すぐに返信しない」と出てくるけれど、ほとんど使ったことはない（笑）。

LINEでは既読や未読がわかるようになり、この便利さがありがたい時もあれば、意識的にも無意識的にも人を傷つけたり、信用を損なったりすることもある。もちろん私も、空気の読めない人への返信は渋ることもあるが、逆に長引かせることなくやり取りを終わらせることのほうが多い。

特に仕事やお誘いの連絡には、なるべく早く返信をする。私も時差もないのに1日以上返信がなかったり、何日も既読すらつけられなかったりした経験がある。

その時どんな気持ちになったかというと、「早く返信してよ！」とか「少しくらい返す時間あるだろ！」とか、そんなことじゃなかった。「ああ、後回しにされているんだな」という虚しさだった。もっと言うと、「大切に思われていないんだな」という悲しさ。

連絡ひとつで私は相手にそんな思いをさせたくない。

一度後輩に、先輩への連絡をすぐにしたほうがいいと注意したことがある。先輩がモヤモヤしていたので、正義感丸出しでみんなの前で一言言ってみたが、「うるせえ」と思われただろうなあ（笑）。

相手に求め、期待するのは違った。ただ、「返信が遅いから相手が困る」ということ以外にも、目に見えない信頼や信用が今少しだけ崩れたんだよ、と伝えたかった。

信用が崩れるのは一瞬だと、社会人になりますます感じるし、怖い。

そしてもうひとつ、キャパのない人間に思われたくないプライドがある。できる限り迅速に動くだけで信頼につながるならば、そんな近道はない。暇人と思われても、残念な人と思われないように今後もつづけたいことだ。

アナウンス部の電話をとることもアナウンサーの仕事である。

「〇〇さん、〇番に〇〇部の〇〇さんからお電話です」

新人の頃、これをとちらないように、大きな声で伝えることに緊張した。いかに電話を早くとるか、これも社会人としての教えだった。

デスクに着くと、子機を引き寄せて、とりやすいポジションにセットする。

「3番にお電話です!」

「サンバンな」

イントネーションを間違えて、注意されることもあった。

電話を早くとれたことに安心して、相手のお名前をうっかり聞き逃したことも。その都度、「もう一度お名前よろしいでしょうか?」や「もしもし、聞こえますでしょうか?」と、ひどいもので電波のせいにしたこともある。際どいやり方も含め、自分なりの対処法を探していった。

先日私が「はい、アナウンス部です！」と電話に出ると、周りにいた先輩方が笑っていた。「雪乃、気持ちが良いね！」と、私の電話の第一声に驚いたようだった。

「はい、アナウンス部です！」「はい、テレビ朝日です！」と電話をとる一言目は、元気いっぱい明るいトーンでと決めている。イメージは「サザエでございます！」だ（笑）。

それは日常でも。「あのさ」と話しかけられたら、その少し上のトーンで「はい！」と答えたい。そのあと説教されるかもしれなくても、とりあえず能天気な明るい返事をする。

先日後輩を呼んだ時、「はい、なんですか？」とツンとした低い声で返された。

私のことが好きじゃないんだろうし、なめられているのだろう。それは私のせいか（笑）。でも、そのあと「あの、たぶん私の〇〇、取り違えているかもしれなくて～」と言った瞬間、「あー、すみません」と猫なで声に変わった。その猫なで声で、何かを取り返そうとしているのが伝わってきて、さらに嫌な気持ちになった。反面教師だ。自分はそうならないよう気をつけると誓った。

言い方や伝え方で、その言葉以上の何かが伝わってしまう。もちろん嫌だなという気持ちを意図的に伝えることもあるし、あえて毅然《きぜん》とすることだってある。

それでも気持ち良い空間を作るための多少の労力は惜しみたくない。

言葉ひとつでいい空気も悪い空気も作れてしまう。いつ何時もというのは難しいが、疲れていたり気分が乗らなかったりするのは自分の中のことで、他者を巻き込んではいけない。私もそんな時はあるが、「今日は眠い！　疲れている！」と、冗談交じりで直接伝える。時々、「私は今疲れています。察してください」と言わんばかりの人を見ると、引いてしまうからだ（笑）。

だからなるべく相手も自分も気持ちのいいコミュニケーションを心掛けたい。

ありがたいことにエンタメ班のスタッフたちはいつもそんな空間を作ってくれている。

「わー、どうしたもんか、今日はやる気が起きない」。ある日の朝5時にスタッフさんにそんなことを言った。疲れがたまっていたのかなんなのか、自分でも珍しい状態だった。

すると、チーフのるーさんがトコトコとやってきて、私の後頭部で諭すように言った。

「あとで、『さっきちゃんと準備しておけば良かったー』ってことになるよ〜。いいの〜？」

失敗した時を想像して背筋が凍った。説得力のある、でもなんだか幽霊っぽい言い方に、少し笑えてやる気が出た。るーさんの突き放さない伝え方はいつも勉強になる。

毎朝のことでいつも元気でいられるわけではないけれど、言葉で空気を作って、楽しい話で気持ちを上げてくれる仲間がいる。恵まれているし、本当に感謝している。

母の教え

「ギブアンドテイクではなく、ギブギブギブした自分の成長がテイク」

私の座右の銘で、母に教えられた。日常会話の中でも、たびたび言われる。

「見返りを求めず、与えつづけなさい。与える人でいなさい」と。

家族のことだけでなく親族の行事まで、力を尽くしていた母。

子どもながらに大変そうで心配になることもあった。

今になって「それを頑張ることで子どもたちがうまくいけばと思っていた」と言うのだ。

実はテイクを求めていた。

でも自分のためではないところが母らしい。

その時の目先の見返りではなく、現状を見て、過去の頑張った自分を肯定できる人生は、親ながら素晴らしいと思う。苦しさが幸せを教えてくれることもある。

この考え方は仕事をする上でも心の支えになっている。

「嫌なことこそ喜んで！」。自分の中の合言葉だ。

以前読み感銘を受けた、三國清三シェフ著作の本『三流シェフ』(幻冬舎)。

そこに書かれていた言葉を引用させていただく。

〈みんながやりたくないことを、機嫌よくやることだ。苦しそうにやっていたら、周りだっていい気はしない。人は人の苦労をそれほど評価しない〉

〈自分にそれしかやることがないなら、楽観的にやり続けるしかない〉

それでもその姿を見てくれている人は絶対にいて、誰かの心を動かし、記憶にも残る。

もちろん私は三國シェフのような偉大な方にはなれない。

でも、「みんながやりたがらないことも機嫌よく、楽観的にできる人」には今からでもなれるかもしれない!

「見返りを求めず、与えつづけなさい。
与える人でいなさい」

雪乃の恩返し

ここ8年つづけていることがある。お世話になっている方々に年に1回贈り物をすること。ものは決まって、岡山のシャインマスカットとピオーネだ。地元岡山産のいいものを、担当の方に選んでいただいている。年に一度、どんと大きな買い物ではあるが、皆さんとても喜んでくれるので、それが嬉しくてつづけている。

食事に連れて行っていただいて、ごちそうになるだけではない。いつも気にかけてもらい、簡単には返せないほどの恩がある。

「今の雪乃には、100してもらっても100は返せん。でも1は返せ」と母から言われ、このお礼を始めた。

媚びを売っていると思われるかもしれないが、私なりの感謝の示し方だ。

いかがでしょう？　気持ち悪いでしょう！

年に一度と言えば、バレンタインも感謝を渡せる日だ。昔は好きな人に思いを伝える日だったが、社会人になって意味合いが変わった。

「今はしてもらった100は返せん。でも1は返せ」

コロナ禍に入る前までは「自己主張クッキー」と名付けた手作りのクッキーを配っていた。響きからもう怖いだろう。自分で焼いたプレーンのクッキーに、「山本」「ゆきの」などとチョコペンで書くのだ。チョコをいい感じに溶かして、200枚以上書いていると、最後のほうには手がつる。

「山本です」と渡すと、「気持ちわるー」と言われるが、みんな笑って写真を撮ってくれる。私なりのエンタメだ！

誰かの思い出になればいいなと、寝る間も惜しんで作っていた（笑）。

しかしコロナ禍で手作りのものを渡すのがはばかられるようになり、渡すものを変えた。通称「雪どら」である。

みんなに食べてほしい！　絶品です！

これは地元岡山の生クリームどら焼きで、子どもの頃から食べている大好物。そのよしみで、お店の方が私専用のシールを作って貼ってくださり、「雪どら」と呼ばれるようになった。スタッフさん、美術さん、技術さん、アナウンス部の人などに渡すので、150個近く送ってもらう。

岡山のお店の皆さんの手厚いサポートのおかげで、感謝を伝えられる。

大好きな人に大好きなものを贈る喜びと、少しばかり地元に還元できる嬉しさもある。

これが私の感謝のルーティン。母の言う1は返せているはずだ。

迷えるSNS

最近はSNSも盛んになり、アナウンサーの表現の場も広がった。私も主に衣装クレジットをアップするためのインスタグラムをやっている。ほとんど衣装とおにぎりの投稿だ。

悲しいかな、誰かにおすすめしたいことも、見せたいプライベートも私服もないので、必然的にそうなる(笑)。

あくまで私たちはアナウンサーであり、インフルエンサーではない。これは古い考え方なのだと思う。それに、影響を与える〝インフルエンサー〟にならなくとも、影響を及ぼすことがある。テレビよりも発信力があるのだから、そう思うと恐ろしいメディアだ。

私も最初のほうはフォロワーさんを増やすことに躍起になった。

でも今は、少しだけSNS疲れしているかもしれない。SNSとの向き合い方は人それぞれであり、そのフォロワーさんがテレビのお客さんになってくれれば、素晴らしいことだ。

しかしアナウンサーとして、テレビ朝日の一員として、頑張るべき方向を見失うことだけは避けたい。根っからの〝気にしい〟なので、「SNS頑張る前にアナウンス技術を磨けよ!」と思われるんじゃないかと……。

そしてこれは個人ではなく、テレビ朝日のアカウントだという意識を強く持つようにしている。影響力のあるメディアだからこそ、放送と同じように慎重に。

ビビりの私には、あまり向いていないツールだ(笑)。

フォローお願いします(笑)。

人間の良いところも悪いところも出るのがＳＮＳ。直で接している時の印象とまったく違って見えることもあって、戸惑うこともある。嫌な感情をなるべく排除したい私は、ある時から見るものを制限するようになった。今では、フォローしているアカウントのほとんどが料理研究家や一般の方のお料理アカウント。ただただお腹がすくタイムラインである（笑）。

かくいう私も、「自分には友達がいますよ！」「おにぎりは母が作るけど、私も少しは料理しますよ！」と伝えたい時もある。そんな時は24時間で消えるストーリーズ機能を使う。

農家さんやスタッフさんから食材をもらうことも多いので、こんなふうに調理しましたと投稿する。

もちろんＬＩＮＥや電話でもお礼するが、投稿も喜んでくれる。振り返ってみると、〝誰かにありがとう〟のストーリーが多いかもしれない。あとは私にはこんな素敵な友達がいるんだぞという自慢。私もどこかで、「自分が愛されていること」を周りに伝えたいのだと思う。どこかに行った、何かを持っているなどの投稿よりも、実は自尊心が強い気もする。

自分のことを自由に発信して自己プロデュースする。ここ３、４年の風潮が局のアナウンサーにとっていいか悪いかはわからない。

自分の人生なのだから、周りにどう思われてもしたいことをすればいい！　そう思う。

でも私は、テレビ朝日の局アナとしての責任感とプライドだけは大切にＳＮＳとうまく付き合っていきたい。

そして実は去年の2月からＴｉｋＴｏｋも始めた。

私発信ではなく『グッド！モーニング』のエンタメ班が管理するアカウントだ。

チーフのるーさんからの提案で『グッド！モーニング』を若い人にも見てもらえるように「ＡＤさん育成のため」というふたつの大きな目的が込められている。

インスタグラムのお客さんが来てくれると思い込んでいたらまったく。年齢によって触れているＳＮＳが違うことを実感した。

踊りが上手いわけでも、かわいい表情ができるわけでもない私の日常を切り取ったＴｉｋＴｏｋ。スタッフさんたちは趣向を凝らしてくれているが、なかなかフォロワーが伸びない。

でも時々「バズる」こともあり、インスタでは交流できないような方々から反響をいただくことも。ＳＮＳの力に感動した。

動画を撮る時間がスタッフとのコミュニケーションの場にもなっている。

数字にへこむこともあるが大切な仕事としてつづけたい。

ぜひのぞいてみてください（笑）。

大きなお皿は浅尾美和さんから、
箸置きはれんこん農家さんからいただいたものです！

食べているモノたち

「ひとり暮らしの人は何を食べているの？」

既婚の先輩にこんな質問をされたことがある。同じ疑問をお持ちの方がいるかもしれないので、日々のリアルな食事の話をしようと思う。

『グッド！モーニング』という番組の特性上、週5日はほとんどひとりでごはんを食べる。

メニューは2年ほど前からほぼ決まっている。「一汁一菜」。お味噌汁だけはなるべく作るようにして、「一菜」は野菜炒めの時もあれば、納豆だけの時も。

まるで「一汁一菜」を心がけているような言い方をしたが、ここまでの料理なら苦ではないので、カッコつけて「一汁一菜」を意識している人を装っている。

綺麗に包んで、並べ、眺めるのが好きです。
焼くのも得意です！

だしパックと、少しだけいいお味噌を使うことが毎日のちょっとした贅沢だ。自分に甘すぎるのだが、お味噌汁を作るだけでも「私って偉い！」と思える。

あとは、冷凍の餃子で食いつないでいる。餃子を作るのも食べるのも大好きで、友達や家族にふるまう。ひとり黙々と餃子を包む時間は無心になれて息抜きにもなる。ストックがなくなったらまたタネから作る。完全食の非常食！

月に1回、胃袋のためにも欠かせない大切なルーティンだ。そして、ロケのない日にだけ味わえる至福のひと時。「昼前に家に帰る→お風呂に入る→缶ビールを開ける→飲みながらおつまみを作る→小躍りしながら2本目を開ける」という、自由を絵にかいた一連の流れ(笑)。Mr.Childrenや藤井風さんのDVD、芸人さんのYouTubeを見ながらのひとり酒はたまらない。

隅に置いたテーブルから部屋全体を眺めては、「ひとり楽しみすぎぎじゃない？」と天使か悪魔かわからない自分がささやく。

彩ってくれるモノたち

ひとり暮らしの中で気づいた一面がある。

私は「生活が好き」で「生活が趣味」ということだ。

「まさかあんたがお花飾る人になるなんてなぁ」と花の師範である母が鼻で笑う。

母が40年前から使っていた花瓶ふたつと、お花が大好きだった祖母が闘病中に先生からもらった備前焼の花瓶。最初はその3つから始めた。特に祖母の形見の花瓶には花を絶やさず、ばあちゃんだと思って接していると心が落ち着く。

最近は枝や観葉植物を愛でることにもハマっていて、花瓶も増えた。

そして去年2月からは熱帯魚のベタを飼い始めた。

名前は好きなドラマの登場人物からとった「ジルベール」。ジルベールの水槽の横に、祖母の花瓶を置いているのだが、花を変えるたびにジルベールが見に来てくれる。そのことを以前先輩に話したら、「なんか動いているから見ているだけだろ」と言われたけれど、「どれどれ今回はどんなお花〜?」と、ジルベールが見に来てくれていると私は信じている！

生活の中で一番大事にしていることは、家をきれいにしておくこと。

ロケのない日や休みの日にはシーツやまくらカバーを洗ったり、棚を整理したりする。

部屋が散らかっているとそういったことに手が回らなくなるので、部屋はいつもなんとなくきれいにしている。「部屋の乱れは心の乱れ」というが、その通りだと思う。

私も精神的に余裕がないとすぐ散らかる。

だから、心の乱れが部屋にうつる前に部屋をきれいにしておきたい。

（右）赤や青やオレンジの美しいベタです。
（左）古い友人のような花瓶たち。

「大丈夫。部屋がきれいだから、心は乱れてないぞ」と言い聞かせるのだ（笑）。ひとりの生活だからこそ、そこにいる自分を労れるような家にしておきたい。

実家も築30年以上経つが、いつ帰ってもきれいだ。よく人を招く家だったが、いつ人がきてもいい状態の家でもあった。

ひとり暮らしのワンルームならまだしも、5人家族の田舎の大きな家。

掃除のことを考えるとぞっとするが、最低限のものしか外に出ていない、常にきれいな家だった。

そして、あまりの物持ちの良さにいつも母と笑っている。

「このセーターはママがパパと結婚した時の!」

「アニーのゲージのシートは、38年前のあなたたちのおねしょシーツ!」

兄が生まれた時に買った赤ちゃんたんすも東京で使いつづけていたくらい、山本家は物持ちがいい。私の家にも、実家のいすや机、棚がある。捨てられないのではなく、しっかり長く使っている! 30年くらいは余裕で超えるものばかりだ。

母からもらったものはカバンやアクセサリー、ブラウス、ニット、コートまでたくさんある。時代が回っているからだろう、自分で買った服と比べて、相当な頻度で褒められる(笑)。

私にあまりこだわりがないことも理由のひとつだが、家で使う食器もいただきものか、あとはすべて実家のもの。

小さい頃から家族みんなで大事に使ってきた食器が今の私の食卓も彩ってくれている。

物持ちがいい家族で良かったし、センスのいい母で良かった(笑)。

ものを大切にすることは、人や自分を大切にすることと似ている気もする。

流行りものにも疎く、新しいものにそこまで興味がない。大事な人や思い出が浮かぶようなものが好きだ。人間関係も古くからの友人で十分満たされている。

そんなところが私の長所であり、短所でもある。

人生100年と言われる時代に、本当はもっと世界を広げて、新しいことにどんどん挑戦すればいいのに、実につまらない人間だ。でもこれが今の自分には合っている。

つまらないところも含めて自分を好きでいたいし、こんな私の近くにいてくれる人を愛したい。

私の七五三（父と母と私）。

姪の七五三（母と姪）。

私の被布も母の服も受け継がれている（笑）。

癒やしてくれるモノたち

ピラティスに通い始めて、1年になる。

「一緒に頑張ろー！」と『グッド！モーニング』で共演している潮田玲子さんが紹介してくださった。

明るくて、面白くて、美しい潮田さんは私の憧れだ。いつもフルパワーで接してくれて、潮田さんの笑顔と笑い声で幸せな気持ちになる。

そんな潮田さんの紹介はやはり間違いなかった。

ピラティスのマユミ先生も、とっても明るい素敵な方だったのだ。

もちろん健康のためのピラティスなのだが、マユミ先生に会いたいからピラティスをしている（笑）。

「はい、ぴょん吉ぴょーん！」

「ナハナハー」

マユミ先生と潮田さん！　ふたりともかっこいい！！

先生ならではのわかりやすく、かつ、面白くて楽しいレッスン。

立った状態で、ふくらはぎの後ろを伸ばす時も。

「おしりの穴、天井に見せてー！　見せて、見せて、見せて！」

「見せるぞー！　えーい！」

「そう！　おしりの穴、見せてー！　……私何言ってんだろう、あははは！」

それでもこの表現が一番伝わる！


ピラティスはトレーニングの特性上、体の動きを頭で意識することがとても大切。

先生の〝説明力〟は本当にすごいと思う。

プロフェッショナルな指導だけではなく、先生の人柄も生徒さんを集めている。

潮田さんもマユミ先生も、会うだけで元気を与えてくれる人だ。

私もいつかそんな人になれることを夢見ている。

そしてもうひとつ、私の大事な癒し。それはドラマ『きのう何食べた？』を見ることだ。西島秀俊さんと内野聖陽さんのゲイカップルの日常を描く人気シリーズ。映画版も含めすべてのDVDを持っていて部屋に飾っている。何千回と見ていて、セリフも覚えているくらい大好きな作品。雰囲気・BGM・演者さんのお芝居。すべてが心を落ち着かせてくれる。

慎ましく暮らすことの素敵さを教えてくれる「シロさん」と、人としてのかわいげを教えてくれる「ケンジ」。

寝る前にも必ず見ては、日々のありがたさを感じて、眠りにつく。長期出張の際は、スマホにダウンロードしていくほど、私の生活にはなくてはならない存在だ。

心がざわざわした時には、無意識に流している。不規則な生活の中でうまく寝つけない時もあるし、考え事で頭がいっぱいになることもあるが、気持ちをコントロールする方法に出会えたことで、少しだけ優しくなれた気がする。

『3年B組金八先生』が大好きで小学生の時は学校の先生になりたかった。

『1リットルの涙』に感動して、小児科医を目指したいと思った。

テレビドラマはそんなふうに夢を教えてくれるものだった。さまざまなメディアが生まれている中でテレビ離れが叫ばれているが、私にとっては今でもテレビには夢が詰まっている。

何気ない日常に溶け込んで思わぬ出会いをくれて、時に私を癒してくれる。

大好きないつもの場所で大好きな人たちと。

大切なともだち

週末、友達に会えることが、仕事の原動力だ。テレ朝の同期のハナユと元同期のナホコ、早稲田の同級生トモちゃんとアヤパン。この4人にいつも支えられている。なんてことない連絡ができて、無条件にお互いの幸せを願える間柄だと思っている。

テレ朝で出会ったふたりとはハナユの息子ハルを含めた4人で集まることが多く、場所は決まって祐天寺のイタリアンだ。そこはナホコの行きつけで、元々保育士を目指していたご夫婦が営むアットホームな絶品カジュアルイタリアン。ご夫婦やその息子くん、常連さんたちの温かい人柄と本当においしい料理に癒されている。

「ゆきのー」と迎え入れてくれるこの場所は「ただいま」と言いたくなる場所になった。

ここ何年も、お正月は誰かの家に集合し、この4人で過ごすことが定番である。ふたりが「ゆきのの作る春巻きが世界一おいしい」と言ってくれるのが何よりも嬉しい。ハナユはいつも手作りのキムチをくれる。ハルはそこにいるだけで笑顔にしてくれる。ナホコはかけがえのない場所を教えてくれた。

本当の豊かさを分かち合える友達に出会えたこともテレ朝に入ったご褒美だった。「雪乃はそばにいる人を大切にする人でしょ」と、忘れてはいけない大切なことに気づかせてくれるハナユと、「雪乃は本当にそれでいいの?」と言いにくいことも私を思って言ってくれるナホコ。

テレ朝入社前から何度も岡山の実家に来てくれて、母が東京に来れば一緒にごはんに行ってくれる。私よりはるかに大人なふたりを心から尊敬している。

そして10代の頃から私をよく知るトモちゃんとアヤパン。

「雪乃がどんな悪いことをしても、私たちは雪乃を嫌いになることは絶対ない!」と、どんな状況でも味方でいてくれるとても優しいふたり。30歳を迎えた時でも、LINEで「我等友情永遠不滅」と送り合った。おちゃめで、かなりふざけている。

毎回同じような話でゲラゲラ笑い、急に真面目な話もし始める。友達歴14年のテンポ感だ。

20代前半までは遊んで、誰かの家で寝落ちして、起きてまたグダグダ過ごしていた。いつからかそんな体力もなくなり、「とにかく健康第一だよ！」と話す内容も変わっていった。ちょうど結婚・出産や転職の年頃。気づけば「素敵なお嫁さん」ではなく、「都会で働く女」になっていた。この状況に甘んじているわけでも、人と比べて否定しているわけでもない。十分幸せなのに、同世代と比べて自分に足りないものに目が向いてしまうことがある。

でも、ふたりといると、悩みを共有できる人が「いる」ということに幸せを感じる。

「こないだ先輩の子どもの話聞いてた時、『あ！（ポケモンのアプリの）カビゴンにごはんあげなきゃ！』って思ったんだよねー」

「そういえば、トモちゃん、ドラクエの中で結婚したよね！」

「あの時送られてきた画面、お気に入りに入れてるわー！」

この3人でしかできない会話。不思議なもので、周りからは傷のなめあいに見えるかもしれないが、そうすることで気づける幸せも、見える世界も、ある。

東京で出会った大切な4人の親友。

お互いの環境の変化や人間性の変化を受け入れながら、変わらない絆に生きる勇気をもらっている。


これからも大笑いしよう！

ハッピーな〝ナンパ〟

いいか悪いか、20代後半からの新しい友達はいない。

4人の存在も大きいが、昔から知っているという安心感を優先してしまう。

それはごはん屋さんでもそうで、外食となると行きつけの大好きなお蕎麦屋さんに行くことが多い。母も連れて行くからか、なぜか店長には「雪乃ちゃん」以外に「お嬢」と呼ばれている（笑）。

活気ある店内とよく知る優しいまなざし。なんとも居心地がいい。

祐天寺のイタリアンのご夫妻にも共通するが、「居場所」を作ってもらっているからだと思う。皆さんの素晴らしいホスピタリティに触れては、自分もこうあらねばと思う。

お金では買えない、誰もが生み出せるわけではない価値。

人としてとても大切なことを教えてもらっている。

仕事では、新しい挑戦をたくさんしたいと思うのだが、このようにプライベートでは冒険しないたちだ。半径何メートルの世界で地味に生きている。

おいしいごはん屋さんや素敵なバーに連れて行ってくれる
イサコさんと旦那さん。いつもありがとうございます。

しかしそんな私にも２０２３年の２月、新しい出会いがあった。食事をしていたお店で電話番号が書かれたメモをもらったのだ。誰かに電話番号を渡されるなんて！　生まれて初めての経験。その初めてのお相手は70代の素敵なマダムだった（笑）。

マダムとは、母と行ったカウンターのお寿司屋さんで出会った。大将も交えてお話ししていたら、『モーニングショー』の時から応援してくれていることがわかった。「ぜひ飲みに行きたいわ！」とストレートなお誘いに、嬉しくて少々照れてしまった（笑）。お話しぶりと雰囲気から、直感だが、またお会いしたいと思い、メッセージを送った。

「ぜひ飲みに行きたいわ！」

あとから24年つづく銀座のおばんざい屋さんの女将であると知り、お店を予約してひとりで伺うことに。冒険しない私の大きな一歩だった。

先ほど女将と言ったが、実際は料理長でもあるイサコさん。

食材にこだわった優しい味付けと目にも美しい盛り付け。もちろんお客さんは絶えない。上品で都会的だけどどこか懐かしいお店はイサコさんの人柄そのものだった。

大切な人を連れて行っては、格別のおいしさにみんな唸って帰る。

今では優しいご主人も一緒に3人でよくごはんに行かせてもらっていて、おいしいお酒片手にいろんな話をする。

一歩踏み出して広がった世界は、人生の大先輩との素敵な出会いだった。

スーパーでおじいさんに「雪乃ちゃん、今日は上がりか?」と声をかけられたことがある。「あれ、知り合いの人だっけ」と錯覚してしまうほどフレンドリーだった。

近所のコンビニで働くおばさまも、「雪乃ちゃんの明るい笑顔が素敵だから! 頑張れー!」といつも優しい声をかけてくれる。

テレビを見て、近くに感じてくださっていることがすごく嬉しかった。

イサコさんとの出会いもそれが導いてくれたのだと思う。

大好きな岡山と大好きなじいちゃん

岡山に帰った時のルーティンは決まっている。

幼馴染のエリカと会ってたくさんしゃべること。小さい頃から通っているお好み焼き屋さんと焼肉屋さんに行くこと。父母の中高の同級生のおじちゃんやおばちゃんとごはんを食べること。

昔から「雪！　雪ちゃん！」と最強の味方でいてくれるみんな。

この呼び方をする人は東京にあまりいないので、「雪！」と言われると、子どもの頃の気持ちに戻ってなんだかいつもより濃いめの岡山弁になる（笑）。

最近は長期休みに限らず、週末だけでもよく岡山に帰る。上京したての時と比べて、地元岡山への想いが増している。

大好きな祖父の存在がそうさせてくれた。今年93歳になる母方の祖父、勲のおじいちゃん。私にアナウンサーになるきっかけをくれた祖母、素子のおばあちゃんの夫だ。

帰省すると、いつも素敵なケーキを持ってきてくれる父母の親友たち。ありがとう。

大好きなお好み焼き屋さんと、焼き肉屋さん。

「勲」「素子」というのが祖父母の名前で、昔から家族の中では「の」を入れた「勲のおじいちゃん」「素子のおばあちゃん」と呼んできた。ただ長いので、「いさじい」「もとばあ」と略すこともある。じいちゃんもばあちゃんもこう呼ばれていることはたぶん知らない（笑）。

祖母が病院で亡くなり家に帰ってきた時のこと。

「今日はどこで寝るん？」と聞かれた祖父は、「素子の隣に決まっとるじゃろ！」とさいごの夜までいつも通りの〝夫婦〟でいた。

姉さん女房だった祖母のことを祖父は今でも心から愛している。

そんな祖父は祖母の携帯電話を引き継いだ。

当分の間「素子のおばあちゃん」と登録していた私は、じいちゃんからのメールで、ばあちゃんにも思いを馳せた。

船乗りだった祖父は几帳面な性格で、今でも鍋のフタを作ったり壁掛けのテレビの設置も自分でやってのけたり。なんでもできるのに、いつも笑顔で謙虚な祖父を本当に尊敬している。

祖父も祖母も両親を幼くして亡くしている。中卒で独立した祖母は、「子どもを大学まで行かせることが夢。優秀な子を作るには3代かかる」と、生きることと育てることに人一倍強い思いを持っていた。教育熱心な祖母のおかげで長兄は2歳でひらがなが読めたそうだ(笑)。

母を見ていると、このふたりの子どもだなと確信する。

3年前にLINEデビューした祖父。最初は苦戦していて、「スマホの練習に努めて、います、なかなか上手に成りぜん、頑張るしか方法は、ない、と思っています、間違いのメールをはつしんしまーすが、よろしく」と、丁寧な祖父らしいLINEが届いた。

祖父は耳が遠く、スムーズな会話はしにくい。

「雪乃と話をしてるようで気持ちがなごやかになる、ありがとう」とLINEが来た時は、この時代のテクノロジーに一番感謝した。

初めは一度紙に書いてから打っていたようだが、祖父のLINEの文章はどんどん長くなって、返信も早くなった。

「頑張るしか方法はない」という祖父の言葉こそ真理だった。

祖父はいつも「雪乃に逢える日を楽しみに待っています」と、「逢う」の漢字を使う。

とても大切に想ってくれているのが伝わってくる。

愛しのじいちゃん。

写真を撮ることも恒例行事！

岡山に帰る一番の目的は祖父に逢うこと。

そしていつからか、笑いながら「雪乃、握手しよう」と、別れ際に必ず口にする祖父に私が泣きそうになる。

まだまだ元気ではあるが、人知れず心の準備をしているのだろう。

大人になって、文字通り家族と「触れ合う」ことはなくなった。「手を握って雪乃の元気をもらった」という祖父の分厚く温かい手に、私が何倍も何倍も元気をもらっている。

「毎朝見とるから、久しぶりの気がせんなー」

まだ祖父が元気なうちに毎朝同じ時間にテレビに映れて良かった。

離れていても顔を見せられるこの仕事につけて良かった。

「雪乃、握手しよう」

祖母が導いてくれたアナウンサーという仕事が、祖父の毎朝の楽しみを作ってくれた。

ばあちゃん、ありがとう！

まだまだじいちゃんを長生きさせてください。

第7章

ジャンプ？ううん、ピンク！！！

HOP!
STEEEEEP!
PINK!

ピンクジャケットさまさま

2021年の9月末、すべての番組を卒業して、『グッド!モーニング』につくことが決まる。エンタメコーナーをより明るく楽しいコーナーにリニューアルするということで、私のこのすっとぼけたキャラクターが生きるのではと、起用された。『モーニングショー』でのハチャメチャぶりが功を奏したようだ。

『エンタメワイド』では積極的にインタビューもするという。

「(フジテレビアナウンサーの)女版軽部(真一)さんになりなさい」、そんなことも言われた。

仕事があってホッとしたというのが最初の気持ちだった。安心し、とても嬉しかったが、羽鳥さんの隣に立って代役をすることはできないことも意味した。

「次は雪乃が羽鳥さんから教えてもらったことをグッドで生かすんだ。羽鳥さんがやっていることを雪乃がやる番だ」と、私を『モーニングショー』の時からよく知る上司に言われた。

『モーニングショー』では、日本全国の方へのインタビュー、農家さんのお手伝いロケ、俳優さんや芸人さんとのロケなどを担当してきた。また、『ＴＯＫＹＯ応援宣言』でも多くのアスリートにインタビューさせてもらった。今思うと、幅広くさまざまな経験に恵まれた。その姿を見てきた会社の判断でこの仕事をもらえたと思うと、ひとつも無駄なことはなかったと改めて感じる。

久保田さんが言ってくれた「雪乃である理由がある仕事」に近づけた気がした。

小豆色のジャージから昇格（？）し、コーナーのテロップカラーに合わせてピンク色のジャケットを着ることに。スタイリストのクバちゃんが５種類ものさまざまなピンクのジャケットを見つけてきてくれて、そこから選んだ。

まさかこんなにもトレードマークになってくれるとは！

３カ月後、テロップの色は変わったが、ジャケットのピンクは残った。長袖と半袖。クリーニングに出せるように２着ずつ持っている。

袖を通すとスイッチが入ります！

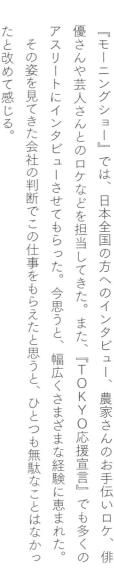

インタビューではない現場でお会いした俳優さんに、「今日はピンクじゃないんだね」と言われたことがある。しかも2回、別の方から。

ピンクジャケットの威力たるや。今や私の新しい代名詞だ。

この2年半で480人以上、延べにすると、800人分ほどのインタビューをしてきた。本当にありがたい。

『グッド！モーニング』、はたまたテレビ朝日としても、アナウンサーがこんなにも多くの芸能人の方にインタビューし、4分ほどのVTRで流すということは、ここ最近ではなかったので社内外でたくさんのお声をいただくことになった。

「インタビューがうまくいくのは相手のおかげ、VTRが面白いのはディレクターのおかげ」――これはゆるぎない信条で、私自身はまだまだ成長途中だが、僭越《せんえつ》ながら私なりのインタビューの向き合い方や気を付けていること、そして皆さんから教えてもらったことを綴っていこうと思う。


「インタビューがうまくいくのは相手のおかげ、VTRが面白いのはディレクターのおかげ」

「真心」と「心」

以前インタビューをした方から、「山本さんのインタビューが一番真心を感じました」という言葉をいただいた。社交辞令だとは思うが、その言葉に少しの自信とこの先の仕事への意欲をもらった。

「真心」――素敵な言葉だ。私の近くにもいつも真心を感じる人がいる。9年担当してもらっているスタイリストのクバちゃんだ。私に素敵な衣装を着せてあげたいという思いと、洋服が大好きで仕事を楽しんでいる姿。まさに真心こめてスタイリングしてくれている。

クバちゃんから学ぶ真心を私に置き換えると、インタビューにおける真心は「インタビュー相手のことを知りたいという気持ち」と「その場を楽しいものにしようと努めること」だと思う。

インタビュアーのミッションは、「相手に気持ち良く話してもらうこと」。

真心が伝われば、きっと相手の心が動いて、いいインタビューになる。その人のファンの方にはもちろん、そうではない方にも、VTRで魅力を伝えたい。

真剣な表情も含めて、表情豊かにお話しいただくことが使命だと思っている。

ただ、その真心を相手にどう届ければいいか、毎日試行錯誤している。

映画やドラマの番宣のインタビューの場合は必ず感想を言わせてもらう。これが相手との一番の共通言語でもある。短いインタビュー時間の中で、私の感想に時間をとってしまうのはもったいないないし、オンエアで使われる可能性も低い。

それでも、皆さんが心を込めて作った作品への感想を、こちらも心を込めて伝えるところから、インタビューにおける信頼関係は始まっていると思うのだ。

実はそれを教えてくれたのは大泉洋さんだった。大泉さんに初めてインタビューさせてもらった時のこと。すごく緊張して、何度も練習した感想は、いざ本人を前にすると「てにをは」がぐちゃぐちゃになった。それなのに「今回、一番いいインタビューですね！」と大泉さんは笑顔で受け取ってくださったのだ。

「まだ始まってないのに……（笑）」と私が言うと、「これで（インタビュー）終わっていい！本当にありがとうございます！」と大泉さん流の冗談も交えて、感激してくれた。

大泉さんはとてもいい人なので、正確には感激しているように見せてくれたのだとは思う。どこまでも誰にでも優しい方だ。

準備してきた言葉と、「伝えたい」「伝われ」という気持ち。言いよどんで、うまく文章にならなくても、伝わるものがあるのだと、大泉さんから学んだ。

「一番いいインタビューですね！これで終わっていい！」

もちろんアナウンサーとしてスラスラと意見を述べるスキルは必要ではあるが、「伝える」ためには「心」が一番大切なのかもしれない。「真心」を届けるために、「心」を込めてお伝えする。だから、インタビューではなるべく、自分がもらった感動を相手に伝えたい。

アーティストさんにインタビューする際も同様に、アルバムや楽曲を何度も聴いて、感じたことをお伝えする。

こうしてご本人に直接感想を伝えられるなんて、本当に役得な仕事だと思う。

正直な話、つい感想を考えながら作品を見てしまう。登場人物を自分に置き換えたり、共通点を探そうとしたり。しかしそのおかげで、感じるアンテナが増えて、登場人物の細かな動きからも心情を読みとろうとするようになった。

今日もどこかで、心を込めてインタビューしています！

以前ドラァグクイーンを演じた滝藤賢一さんにインタビューした時のこと。「傘を閉じるという何気ないシーンも……」と言いかけると、「よく見てるなー！！　嬉しい！　あそこは難しくて、ドアを開けて傘を閉じて入るってだけだと思うんですけど、それだけでも難しいのに、女性でいないといけないっていうので、段取りで全然うまくできなくて、ずーっとひとりで練習していました！」と撮影秘話を生き生きと話してくれた。

質問台本にあったわけではないが、思い切ってお伝えして良かった。まさに相手の心を動かせた瞬間だったと思う。フランクな滝藤さんが、もっとフランクになってくれた気がして、喜んでくださっているのも伝わってきた。私だって、自分なりにこだわったさりげない瞬間や一言に気づいてもらうと嬉しい。

滝藤さんをそんな気持ちにできた自分のアンテナに、ナイス！　と思った。

だからこそ、当たり前だが、事前準備は映画でもドラマでも本でも、絶対に怠ることはない。時々、「あー！　あれも見ないと！　これも読まないと！」と追われることはあるが、自分だけの世界では出会えないものに触れ、考えも広がる。

作品を見たり読んだりする時間を確保することも大切な責任ある仕事だ。

すべてはインタビュー成功のために！

「伝える」と「伝わる」

「伝える」。

これはアナウンサーにとって切っても切り離せない言葉だ。

「伝える」について考えると、アナウンサー試験で聞かれた「なりたい理由」を思い出す。

「伝え方次第で相手を喜ばせることも、傷つけることもできてしまいます。そんなことは日常でもたくさんあるけれど、その『伝える』を生業としているアナウンサーという仕事に憧れました」

〝下手〟と書いてありますね（笑）。
原稿読みも〝上手〟になりたいです！

こんなことを面接官に言った。今思い出しても、とってつけたような志望動機（笑）。でも、当時から「おはよう」の一言でも、言い方次第で相手に与える印象が変わるという当たり前のことを、まるで自分が見つけたことのように大事な考え方として持っていた。

研修でも、原稿を「読む」のではなく「伝える」のだと口酸っぱく指導された。

「今読んだ原稿を伏せて、どんな内容だったか教えて」

さっき声に出して読んだのに、内容を理解せず「ただ読んでいる」だけだと、答えられないのだ。

「伝える」ためには、それを理解して自分の中に落とし込む力も必要だと学んだ。

「助詞や語尾を下げる」など、人が聞きやすいための読みのテクニックは必要だが、それと同じくらい理解力や読解力が求められる。

「伝えたこと」と「伝わること」は必ずしもイコールではないから、この先も伝え手としてのプライドを持って「伝える」を突き詰めていきたい。

応援団長・るーさん

画面を通して、私の明るいキャラクターが伝わっていることはとても嬉しい。おそらく人懐っこくて、たくさんしゃべる人間だと思われているだろう。これも合ってはいる。だが実は、そういう関係性になるまでには、とんでもなく時間がかかるのだ。

どうやら「人見知り」らしい。これに気づいたのはここ2、3年のこと。近しい人はみんな気づいていたそうだ。

インタビュアーとしては、人見知りで良かったと思うこともある。

相手がどう思っているかに過敏な分、空気を読むことには命がけだからだ。

ただ、日常生活では時に足を引っ張る。

2年半前、『モーニングショー』や『ハナタカ』など、何年も携わった番組を離れ、新しく『グッド!モーニング』に入った。すると隠れていた人見知りを発揮してしまったのだ。

るーさんとの不毛な時間！　これが毎朝の癒しです♪

性善説ではあるのに疑い深いのか、その上自信もないため、人とうまく話せていない自分に気づいた。

一度嫌なことを言われたり、嫌な言葉を耳にしたりすると、ぱたりと心を閉じてしまう幼稚なところもある。

そんな私に手を差し伸べてくれたのが、エンタメ班のチーフでこの道30年以上のるーさんだ。るーさんにはエンタメの仕事だけでなく、『グッド！モーニング』でのあり方やふるまい方も教わった。私のことを考えて、言いにくいこともしっかり注意してくれる貴重な存在だ。

私がマイクをつけてから外すまで、るーさんは余すところなくインタビュー映像をチェックしてくれる。

「私も同じ気持ちだよ。一緒に緊張するよ。わかるよ」

インタビュアーとしてのプレッシャーや緊張感を想像してくれる。

「よくこの一言が言えたね！」

「この一言があって良かったよ！」

いつもるーさんがくれるこういった言葉がたまらなく嬉しい。

全体の雰囲気を見て、「面白いインタビューだったね」と褒められることも嬉しいが、一言のフォローワードに気づいてくれる人はあまりいない。

「この言葉があって良かったよ」。インタビュアー冥利に尽きる褒め言葉のひとつだと思う。

そして、私の失敗を自分事のように大切に覚えてくれている、るーさんはそんな温かい人だ。たくさんの指摘もくれて、現状に満足させることなく常に奮い立たせてくれる。

ここでも人に恵まれた。

私が変な顔や動きをすると、るーさんが「それもう1回やって」と写真や動画に収める。笑っているるーさんを見るのが好きだ。

よく母に言われる。「るーさんは味方でいてくれるね」と。心底そう思う。

「敵」に対する「味方」とは少し違う。不安なことや自信がなくなること、腹が立つこと、嬉しいこと、小さなことから大きなことまで仕事をしているといろんなことがある。

でも、それを一緒に分かち合ってくれる人がひとりでもいてくれたら、心はぐん！と軽くなる。

ひとりだと負の感情が増してしまうような腹が立つことも、笑い話に変えてくれる。

たったひとりでいい。ひとりじゃないと思わせてくれる「味方」。

るーさん、いつも本当にありがとう！

インタビューも〝生放送〟

インタビュー取材は15分や20分、時には30分の〝生放送〟だと思うようにしている。

ディレクターさんに残り時間のカンペを出してもらい、自分で尺管理もする。

すべてがオンエアされるわけではないが、取材相手の関係者やスポンサー関係の方など多くの人の前でインタビューをするので、まぁまぁの視聴者数。独特の緊張感がある。

カメラの先に何十万人といる毎朝のオンエアももちろん緊張感を持っているが、スタジオにいるのは顔見知りのスタッフさんだけ。

会ったことのない生身の人間を前にするほうが緊張する。

リアクションがダイレクトだからだろうか。

「頼みます。いい具合の笑い声ください。温かい目で見てください」と、心から願っている。

インタビューの会場や環境はさまざまで、他局のインタビューを目の前で見ることや、声が聞こえてくることも多い。

「ああ、そのエピソードうちで話してもらいたかったー」「うわー、質問被ったー、同じこと話してもらうのも悪いしなあー」なんてことはよくある。

参考にも勉強にもなるので、聞ける時は必ず耳を傾ける。

ただ、聞きたくないものもある。

それは他局のインタビュー部屋から聞こえてくる笑い声だ。『〇〇』（番組名）のインタビュー、盛り上がってるね」と、悪気なく誰かが口にする。

「言われなくてもわかっているから、事実を言葉にして再認識させるのはやめてくれ〜！」と、余裕のない私は、心の中で思う。

そしてその笑い声が大きければ大きいほど、恐怖に襲われて、自信もなくなって、まだインタビューしてもいないのに、なぜか落ち込んでしまう。

私のインタビューではこんなに大笑いする話が聞けるのだろうか、相手をそんな表情にできるのだろうかと、考えただけで一切笑えなくなる。


「他局のインタビュー、盛り上がってるね」

「インタビューが始まる直前はどんな感じなんですか？」とよく聞かれるが、私は概ね「黙っている」。というか、少々挙動不審かもしれない。

何度かお会いしている方で話題があれば話しかけさせてもらうが、そうでなければニコニコ、キョロキョロしながら時が来るのを待つことが多い。これが人見知りなのだろうか。

だから常に、「あー、インタビュー始まる〜緊張する〜」という気持ちと「早く始まってくれ……」という気持ちが同居している。

始まる直前に、「テレビ朝日の『グッド！モーニング』です。山本と申します」と自己紹介をする。そして本番に入ると、「では、よろしくお願いします！『グッド！モーニング』です！」と少しギアを上げて、「今始まりますよー！」と相手にも周りにも知らせるようにインタビューをスタートさせる。

始まりから終わりまで全身全霊をかけ、春夏秋冬、汗をかく。

そんな緊張からの解放と中身を振り返った時の達成感は、心地のいい疲労感だ。

ある人にこんなことを言われたことがある。

「緊張する仕事ができるのは幸せなことだぞ」

確かに「緊張」は不安もストレスもつきものだが、本気で立ち向かい、自分の底力を知ることもできる。とはいえ、この仕事に慣れることは一生ないだろう。

心は目に！

慣れることはないと言っておきながら、実は生意気にも〝こなれ感〟を出す時がある。

それは「手カンペ」の使い方。

いつも台本を挟んだ小さなバインダーを持っているのだが、作品に関する質問の時はなるべく台本を見ないように努めている。一方で、ちょっとした企画コーナーの時は、しっかり目を落として企画感を出す。メリハリを意識している。

これがいいインタビューに直結するとは思わないが、心は目に宿る、と思っているので作品やそれにちなんだ質問は台本を見ないよう、「自分の言葉で」を心掛けている。

私も普段テレビを見ていて、感想なのに「この人、台本やカンペを読んでいるな」と気づいてしまうと、少し冷めてしまう。「自分の言葉じゃないやん！」「言わされてるやん！」と。今ひとつ「伝わらない」印象がある。

１日２個以上インタビューすることもあるので、バインダーも２個持ち！

しかし時に、あえて読むことでより「伝わる」ものもあると思っている。

例えば、「〇〇さんは、以前何かの取材で『××××××です』と言っていたそうですが、今もそう思っていますか?」。

『×××××』のところを、しっかり台本に目を落として読む。

そのほうが『××××××』の部分が際立ち、聞いている人に対してもアテンションになる。

このメリハリがあることで、目を見てお話ししている時はより気持ちを届けられると思う。そのため、作品についての質問は台本を見ないでもできるよう準備しておく。

時々、企画コーナーがなく、作品やご本人についての質問のみを30分以上するインタビューもある。その時は、質問の内容を整理して、流れを覚えるようにしている。

「ドラマのこと」「共演者について」「俳優何周年」「〇年前の〇〇の話」「愛犬の話」「リラックス法」「ルーティン」「今後」……。

目の色を変えて必死に台本を叩き込む私。スタッフの隠し撮り。

ジャンル分けや派生をさせて、自分にしかわからないようなメモを何回も書いて覚える。ある俳優さんに「一度も手元を見なかったね。僕もインタビューの経験があるからわかるけど、すごいね」と言われたことがある。

些細なところまで見て、言葉をかけてくれたことが本当にありがたく、「ああ、相手も私のことを見ているよな」と、改めて気が引き締まった。

どんなに準備をしても、想定通りに話が進むわけではないから、インタビューは奥が深い。

きっとＡＩにはできないトークの展開や深掘りが、私たちにはできる。

さっき必死で覚えたことばかりに気をとられないよう、その場の会話を全力で楽しんで、捨てていいと思ったものは捨てて、聞かなければいけないことは聞く。

熱を持って冷静に進められるインタビューを今後も目指していきたい。

〝成功〟と〝失敗〟

コーナーが始まって2年半経つが、まだまだ勉強中であり、「今日は失敗だ」と思うこともある。「失敗」にも種類があって、聞き出したいことを聞けなかった時や、盛り上がらなかった時などさまざまだ。しかし幸い、取材相手は優しい方ばかり。皆さん答えをひねり出し楽しくお話ししてくださる。

視聴者の方に見ていただくVTRでも皆さんの人柄が伝わるものになっていると思う。

それでも時に、思い出しても震えてしまう経験もある。

「周りの方の反応はいかがですか？」

「あぁ、まぁ、面白いって……」

想定外のトーンに私の顔もディレクターの顔も一瞬で凍りついた。

顔だけじゃない。口まで凍りついたこともある。

「○○っていうことですかね？」

「いや、○○というか」

「それは△△ですね」

「いや、△△ていうか」

相手の言いたいことと違う表現をしてしまい、会話の中でこの構文がつづく。

放送上は「〇〇ていうか」の後のみを使えば、相手の真意は伝えられるけれど、現場では的外れなことを何度も言ってしまったという事実は消えない。

あれだけ準備が大事と言っておいて、致命的な準備不足で失敗したことも。

「映画初主演ということで」

「いや、初ではないです。映画では3回目の主演です」

「劇中で歌も披露されていて、私初めて拝見しました」

「あ、歌っているところをですか？　歌は前から歌ってて……〇〇でも流れているんです」

「そうでしたかーーー！」としか言えず、「どおしよおおお！」となった。普通なら怒られてもおかしくない状況だった。優しく返してくれたから、なおさら申し訳なかった。

だから「良いインタビューでしたね。VTR面白かったです」と言われても、それはディレクターさんの編集のおかげで、自分の中で「失敗」だと思うことはよくある。

テレビで見ていて「きっとこんな人だろう」という間違った先入観でインタビューしてしまった「失敗」。過度な想定ほどインタビューで危ないものはないと知る。

「人に会うということはその人の時間をいただくということ」。

大学生の時から大事にしている言葉だ。

お互いに仕事ではあるが、せっかくならそのいただいた時間を楽しいと感じてもらいたい。

宮沢りえさんに、2回目にインタビューさせていただいた時のこと。

私に気づいた宮沢さんが、隣にいた俳優さんに「楽しくお話聞いてくれるから大丈夫だよ〜」と言ってくれたのだ。

覚えてくださっていたことも光栄なのに、わざわざそんなことを言ってくださり、1回目のインタビューまで救われた。

初めてのインタビュー開始前にも、「毎朝早いんですよね？」と話しかけてくれた宮沢さん。

気遣いの方だから、きっと緊張を和らげてくれたのだと思う。

すべては宮沢さんの人柄のおかげでしかないのだが、それでも言葉ひとつひとつが嬉しくて、真正面から受け止めた。

「楽しかった」と思ってくれたこと。それこそが「成功」だと思ったのだ。

そして「楽しいインタビューの人」として記憶してもらうことが自分にとって一番嬉しいことだと気づかせてもらった。

モデルの冨永愛さんが「あー、楽しかったー！」とインタビュー後に笑顔で言ってくださった時も心の中でガッツポーズした。その気取らない一言をわざわざ私たちの目の前で言ってくださる冨永さんの優しさのおかげで、みんながインタビューの成功を噛み締めた。

「楽しくお話ししてもらう」。そうすることで、撮れる表情がある。

「楽しく答えたい」と思ってもらえれば、素敵なコメントももらえる。

そんな成功体験があるがゆえに、なんとなく「楽しくなかったかな」「私の質問の仕方や進め方、リアクションをお気に召さなかったかな」と、感じることもある。

とっさに出た一言が違った。取り返せないその一言で、1ミリの信頼を失う。

それが何回かあると相手の頭には「？」が浮かんで、ただ答えるだけのインタビューになる。「楽しい」とは程遠いものになるのだ。

準備してきたものだけではない〝とっさの一言〟をいつも模索している。

うまく切り返せた、思えばあの一言で会話が大きく展開した、と少しずつ学んできた。

「楽しくお話聞いてくれるから大丈夫だよ～」

同時にその一言の怖さも知った。いらぬ一言で、テンポを崩し、心地の良い会話ではなくなってしまう。

トライするから失敗もある。それでも取材相手の前では生放送と同じ。

「今言ったのは、なしで〜」なんて取り返しはつかない。

たびたび言うが、ＶＴＲ上成り立っているのは、ディレクターさんの編集のおかげ。

私は本当にエンタメのチームに助けられている。

限られた時間の中で「楽しく」「使いどころもある」インタビューにすることの難しさ、そしてそれこそがこの仕事の醍醐味なのだ。

たぶん、私だけのこだわり

誰にも気づかれていないけれどこだわっていることを少し書いておきたい。

それはある表情だ。

インタビューといってもすべて新しい〝初出し〟の情報を聞くわけではない。ディレクターさんの準備の中で、他媒体で取材相手が話していたことも拾ってくる。それはインタビューをする上でとても大切な準備である。私も最低限の情報や最近のお仕事などは必ず調べる。

今や世界的アーティストであるYOASOBIのおふたりにインタビューした時のこと。

ちなみに、YOASOBIには2度インタビューさせてもらっていて、Ayaseさんとikuraさんにこんな嬉しい言葉をいただいた。

「今日も相変わらず愛のあるインタビューありがとうございます。やりやすいったらありゃしない。ありがとうございます」

「満面の笑み、癒されます」

そんな思いやりにあふれたおふたりが作り出す音楽は、いつも私の心に寄り添っては元気も安らぎもくれる。

当時結成4年のYOASOBIにこんな質問をすることになった。

「ユニット名の由来はなんですか?」

デビュー時に話題になったユニット名については私も知っていた。ただ視聴者みんなが知っているわけではない。とはいえ、YOASOBIにインタビューするというのに、インタビュアーとして私がその由来を知らないというのはあまりにも失礼だ。

そんな時、このこだわりが発揮される!

ご本人たちには「もちろん知っているのですが、改めて」の顔で、視聴者には「一緒に聞いてみましょう」という顔で。どちらにも違和感を持たれない表情にしようと努めている。

入社時はうまく笑えなかったけれど、今は表情筋もたくさん使って、インタビューしています！

その時々だが、一応どんな顔か例を挙げてみる。

「そうなんだー！」の目をしながら、あまりうなずかないこともあれば、「知っていますよー！」の目をしながら、しっかりうなずくこともある。

もちろん、これが正解ということではない！


表情だけでは表現しきれないこともあるので、その場合はうまく編集ができるよう、このように質問する。

「もう何度も聞かれていると思うんですが、改めて」

「ユニット名の由来を教えていただけますか？」

後半のみでも使えるように、間をあけて質問する。

その場もテレビの前も、どちらも大事にしたい。きれいごとに聞こえるかもしれないが、すべては自分のためなのだ。目の前にいるインタビュー相手からの見られ方、視聴者からの見られ方。どちらにも自然に映る自分でいたい。「気くばり」に見せた「よくばり」だ！

これが人知れずこだわっていること。

見てくださっている方と同じようにリアクションをしたり、「そう！　それ聞いてほしかったんだよね」と思われる質問をしたり、「代弁者」というと大げさだが、せめて同じ感覚でいたい。「かゆいところに手が届く」インタビューを目指して、まだまだ勉強が必要だ。

だから、コミュニケーション能力と同じくらい、「一般感覚」というのがインタビューには必須だと思う。

「普通」を知らなければ、相手の特異性や希少性に気づけない。

尊敬する羽鳥さんや大下さんは長年情報番組を担当されているが、おふたりはいつも「常識の真ん中」にいる。その真ん中の感覚は、会話の方向をずらさない。だからこそ、毎日長い時間視聴者に寄り添う番組のMCをつづけられるのだとも思う。

『気くばり』に見せた『よくばり』だ！

その感覚を私も忘れないように、見てくださる方と一緒に驚いたり、共感したりしたい。

「一般感覚」を養うためにも、日々の生活の大切さを痛感するし、インタビューでも等身大を心掛けたい。

そんなことを、改めて考えさせられる機会があった。

それは去年、水谷豊さんと寺脇康文さんにインタビューさせてもらった時のことだった。

水谷豊さんと寺脇康文さん

『相棒』——テレビ朝日が誇る大ヒットドラマである。

2022年10月、『相棒シーズン21』で寺脇康文さんが14年ぶりに亀山薫としてカムバックし、『相棒』ファンは歓喜した。

それが公表される前のことだった。寺脇さんとはその数カ月前、岸谷五朗さんとおふたりへのインタビューの際、初めてお会いした。

毎回楽しいインタビュー、本当にありがたいです！

寺脇さんが私のことを応援してくださっているということで、お会いした瞬間「ゆきのちゃーん！」と、とても喜んでくれた。

コーナーが始まる時の当時のジングルを口ずさめるほど、毎朝見てくださっていた。

似顔絵を描いてきてくださったり、私のバッジを欲しいと言ってくださったり。自分のキャラクターを好きになってもらえたことがこの上なく嬉しかった。そして、このままの今の自分でいいのだと、テレビに映る自分に自信を持たせてくれたのも、寺脇さんだった。

『相棒』に戻られてからのインタビューでは、いつも役衣装のフライトジャケットに私のバッジをつけてきてくれる。いつお会いしてもハッピーで優しい寺脇さんが大好きだ！

明るい寺脇さんと私のやり取りを、水谷豊さんは毎回優しい笑顔で見守ってくださる。水谷さんにも何度もインタビューさせていただき、ありがたいことに今では「雪乃さん」と覚えてくださった。

インタビューが終わると、水谷さんは毎回グータッチをしてくれる。
私にだけではない。
そこにいるスタッフさん、カメラマンさん、音声さん、みんなにだ。

「芝居ってしきれない。しきれないところに、その人そのものがこぼれ出てくる」

「いつもこのメンバーで撮影してるの？」と、あまりに自然な振る舞いに、みんな目を丸くした。でもアトラクションの順番を待つみたいに、みんな嬉しそうに手をグーにしてお利口に待っていた（笑）。

水谷さんの後につづいて、寺脇さんともグータッチをする。まるでひと試合終えたチームだ。シーズン22までもつづくドラマの主演を務められている水谷さん。現場ひとつひとつを大事にされていることが、そのグータッチからも伝わってきた。

スタッフのみんなも「俺たちにまでグータッチしてくれたね！」と、グータッチのおかげでなんだかいい仕事をした気持ちをチームで共有できて、清々しかった。

去年10月のインタビューで、役柄と自分自身についてのお話を伺っていた時のこと。

「この間も豊さんと話したんだけどね」と、寺脇さんがおふたりの会話を教えてくれた。

「豊さんがいつもおっしゃるのは、演じるということは自分の中にないものは出ないし出せないよ、と」「芝居というのは学校に行って学ぶものじゃない。普段の生活が芝居の勉強なんだよ」

こんな話をいつもしてもらっているんだと嬉しそうに話してくれた。

そして水谷さんからも。

「芝居ってしきれない。しきれないところに、その人そのものがこぼれ出てくる。それがその人の個性、人間性が見える瞬間だと思う。だから普段自分は何を感じながらここまで来たのかが、芝居をするとわかる」

このお話を聞いて、おこがましくも自分にも通じることがあると、とても感銘を受けた。

インタビューの仕事の中で、私生活の自分にないものは出てこないし、良くも悪くも私生活の自分が無意識に出る。

演じるプロのおふたりから、ありのままの尊さを教わった。

取り繕った言葉よりも、自然に出た表情や一言に「その人」が「こぼれる」し、相手にも届く。だからこそ、自分の生き方や考え方を重んじたい。そしてそのマインドがあれば、人生もきっと豊かにできて、おふたりのように心優しい素敵な人になれると思うのだ。

思い切る勇気100%

水谷豊さんから教わったように、ふとしたところにその人が「こぼれ出る」。「一般感覚」と「自分の感覚」――後者は出し方を注意しなければいけないが、引いてばかりだと緩急のないインタビューになってしまう。

ふとした一言で、たまたま話が広がることもあれば、はたまたその逆もある。だからインタビューが終わった時、「あ、ちょっと自分を出しすぎたな」と後悔することもある。

特に芸人さんは盛り上げ上手なので、ツッコんでくれたり、積極的に輪に入れてくれたりする。芸人さんのおかげでもちろん面白くなるのだが、自分の出方次第でそれを軽減してしまう恐れもある。

それでも一か八か、取材相手の方からいただいた「サービス精神」はそれと同じか、それ以上の熱量の「サービス精神」で返したい！

毎回うまくいくわけではないけれど、ある時『グッド!モーニング』で共演している坪井直樹アナが反省会でこんなことを言ってくれた。

「今日は雪乃アナのアナウンサー力が発揮できていた。演者さんふたりと、『3人でひとつ』になっていて、良いインタビューだった」

私のインタビューは、「ただ芸能人と楽しく話しているだけ」と思われていると感じることもある。そんな中で、大先輩がこれを「アナウンサー力」のひとつに入れてくれたことが、本当に嬉しかった。

そして「演者さんふたりと、3人でひとつ」という表現からも、「立ち位置」を間違えていなかったのだと思えた。

有名な監督さんと俳優さんふたりにインタビューした際も、「あの3人を前にしてズバズバ聞ける聞き手はなかなかいないですが、雪乃アナがうまく『立ち回っていた』のですごいと思いました」と言ってくれた。

頻繁ではなく、ここぞという時のみんなの前での感想が嬉しい。

こんなに一言一句覚えていることを坪井さん本人が知ると気持ち悪がるかもしれない（笑）。

インタビュアーというひとつの立場であっても、立ち回りはさまざまある。取材相手の方のキャラクターに合わせた立ち回りができれば、おそらく相手も話しやすいと思う。

特に私の場合、初めてお会いする方にとっては、テレビ朝日のアナウンサーという情報しかない。

どんな人か知られていないから、どんな人にもなれる！

インタビューをよくされている黒柳徹子さんや林修さんのような有名な方とは違い、先方は私がどんな人間かを知らないのだ。

「どんな人か知られていないから、どんな人にもなれる！」

そこはもしかするとアナウンサーの強みかもしれない。と、そんな余裕ぶったことを言ったが、実際の本番前は、そんなことを思えるほどの精神状態ではない。

坪井さんが褒めてくれたインタビューも、先方の優しさと奇跡が織りなしたものである。

坪井さんの同期で、『グッド！モーニング』でも一緒の角澤照治アナも、仕事ぶりをよく見てくれている先輩だ。

「雪乃は〇〇さんに、こう聞いていたけれど、自分だとこう聞いてしまうと思う。あれは雪乃の感性だよな」

坪井さんと同じく自分に置き換えてくれて、るーさんと一緒で、「一言」に気づいてくれる。

ちなみに、水曜日の朝8時半のアナウンス部。私の憩いの場所だ。そこには、角澤さん、久保田さん、草薙がいる。

4人でなんてことない話を、朝8時半とは思えないテンションで話す。まるで放課後のよう。

まあまあ盛り上がってしまうので、誰かがアナウンス部に入ってくると、一応静かにする。まるでトイストーリーに出てくるおもちゃたちみたいに、〝アンディ〟がいなくなったらまた騒がしくなる（笑）。

20以上も歳上の角澤さんと何気ない話をできるのはもちろん角澤さんの人柄のおかげ。たくさんの経験を積んできた先輩のトークに、笑いすぎてお腹が痛くなることもある。昔こんな仕事があったと、角澤さんも久保田さんも話してくれるが、いわゆる武勇伝には感じない。私もそんなラフなコミュニケーションで、後輩に何かを伝えられる人になりたい。

そして仲間とのこの時間こそが「局のアナウンサーであること」の特権だと思うのだ。話は逸れたが、自分なりの思い切った工夫や立ち回りを、理解し評価して、その勇気まで汲んでくれる先輩が近くにいることがありがたく、恵まれている。

無責任に聞こえるかもしれないが、アナウンサーの頑張りは「視聴率」だけでは測れないところもある。だからこそ、見逃されてしまう小さな自分の頑張りを言葉で評価してもらえる環境は、新たなモチベーションもくれる。

私はめんどうな人

失敗するたび、るーさんに報告する。相手への余計な先入観や質問の仕方など、原因も言葉にして聞いてもらう。るーさんは、「相手があることだから」「みんなに同じように」とフォローとアドバイスの言葉をくれる。

それでもインタビュアーとして、どんな方にも気持ち良くお話をしてもらいたい欲がある。「失敗だ、最悪なインタビューだった」というモードに入った私は、とんでもないほどに面倒くさい。

スタッフと打ち合わせを重ねたのに、アンカーとしての役割を全うできなかったことに責任を感じる。弱音を隠せるほどのかっこ良さも器用さも潔さも持ち合わせていない。短くても1週間は落ち込んで、何度もその話をるーさんや仲の良いディレクターさんに聞いてもらう。

「あの時ああすればー」としつこい私に、「自分が納得するまで落ち込めばいいよ。だって、こっちが何を言ってももう意味ないでしょ!」と、私の扱いを熟知したるーさんにピシャリと言われた。

「山本雪乃って人は、もっと泥臭くて、頑張り屋で、傷つきやすくて、楽しいことが大好きで、あったかい人間味のある人だと思うんだ」と、るーさんからこんなメールをもらったことがある。こんなにも素敵な言葉で自分を表現してもらうことが初めてで、バスに揺られながら涙がこぼれた。

「最初の頃、お母さんのおにぎり食べてるのを見て、愛情いっぱいで育ったから飾らず天真爛漫なんだなと思ったもんだよ」とも綴られていた。るーさんは私を「喜怒哀楽に住んでいる人」と表現した。「そのどの気持ちにも一生懸命が頭についているよ」と。

本当はたくさん迷惑をかけている。でも、飾らずかっこつけず正直にいれば、自分を知ってもらえて、もっと飾らずにいられる。

面倒なところも、実は自分を助けているのかもしれない。

「山本雪乃って人は、もっと泥臭くて、
頑張り屋で、傷つきやすくて、
あったかい人間味のある人だと思うんだ」

る－さんをはじめ、多くのスタッフさんに支えられている。エンタメ班の企画力、人間力でコーナーは成り立っている。

毎年誕生日に、これまでの私のインタビューの軌跡をまとめた分厚いアルバムをくれる。見るたびに胸がいっぱいになる。

10年でやっと気づいたこと

私もオープンマインドではあるが、すぐに打ち解けたわけではない。細かいところもあるので、スタッフもやりにくかっただろう（細かさは今も変わっていないから、今もやりにくいかもしれないが……）。

最初は特に必死すぎてまったく余裕がなかった。1年くらい経ってから、ようやくみんなと心を通わせて、ラフなコミュニケーションもたくさんとれるようになった。

スタッフさんの優しさと器の大きさに、とても感謝している。

1年半ほど前に、社内の廊下で先輩の小木逸平アナと立ち話をしていた時のこと。

誕生日も盛大に祝ってくれます。式次第まであって、おそらくリハもしています（笑）。さすがエンタメ班です。

「スタッフとは仲良く気持ち良く。平気な顔で仕事するんだぞ」と言われ、心にとめた。本人は「俺そんなこと言ってたかぁ？　でもいつも思っていることではあるから、言ったんだろうな」なんて、笑っていた。

テレビの中の、「明るく笑顔の山本雪乃」のイメージとは違い、「裏の山本雪乃」は小さなことでイラっとしたり、すぐ余裕がなくなったりする。

時々、インタビュー直前になると、急にひとりの世界に入るらしく、ディレクターさんに「雪乃さん、ひとりで真顔になってますよ」と言われる。まだまだ未熟な証だ。

スタッフとのコミュニケーション、それも含めて仕事であり、「任せられる」と思われるには嘘でも「平気な顔」でいることが大事だと、まったく説教じみていない小木さんの言葉からそんなことを感じた。同時に小木さんの優れたバランス感覚の秘密がわかった気もした。

私にできることはなるべく笑顔でご機嫌でいること。１００％できているわけではないし、私を理解しきっているスタッフさんには少しの変化も気づかれる（笑）。

年々クオリティーが上がる、心が込もったアルバム。
大切に部屋に飾っています。本当にありがとう！

もっと早く気づければと思うが、いろんな失敗を経て自分で気づくことこそ、一番の学びだった。そして、尊敬する先輩からのアドバイスに、背筋が伸びる。

それでも、スタッフと些細《ささい》なことで笑いあえれば、些細なことも相談できる関係でいられるのではないかと思う。「この一言は変じゃないかなあ?」「そのカンペはお願いしたいです！」と、いい意味でプライドを捨てて、なんでも聞いてなんでもお願いして、頼らせてもらっている。

仕事以外のことでのコミュニケーションをとることも、「仕事」とかっこいいことを言ってみたが、とにかく毎日くだらない話をしているだけだ（笑）。

でもそんなコミュニケーションがいい仕事につながる。10年働いてようやく気づいた。

「些細なことで笑いあえれば、些細なことも相談できる」

大下容子アナ

スタジオの仕事の中で一番緊張するのが、ドラマキャストの生出演だ。

『グッド!モーニング』『羽鳥慎一モーニングショー』『大下容子 ワイド!スクランブル』。この3番組のスタジオにキャストの方々が来て、ドラマの見どころを伝えてくださる。

私は3、4分ほどのスタジオトークを進行する。

「時間管理」「盛り上がり」「つなぎの一言」「どこまで話してもらうか」「どこをカットするか」「どのカンペを出してもらうか」など、スタッフさんとのリハーサルは入念にする。

予定調和ではないスタジオ展開が理想であり、見てくれている人を引き付けると思う。

この2年半、何度も生出演のスタジオを経験しているが、インタビュー同様慣れることはない。でもインタビューのやりがいとはまた違う、短距離走を全力で走り切ったような達成感を得られる。

また、プライドを持ってできる仕事でもある。

というのも、これだけは羽鳥さんと大下容子アナと同じ仕事だからだ。

優しくて芯のある大下さん。ずーーっと私の憧れです！

クオリティーは天と地だが、以前上司に言われた「羽鳥さんがやっていることを雪乃がやる番だ」という言葉を噛みしめている。

そして尊敬してやまない大下さん。月曜から金曜の朝６時前、必ず「おはようございます！」と言葉を交わす。インタビューのＶＴＲを見て感想をくれたり、「頑張っているね」と声をかけてくれたり、何度も救われてきた。１９９８年の秋から『ワイド！スクランブル』のＭＣを務め、実にそのおよそ20年後の２０１９年春、番組タイトルは『大下容子 ワイド！スクランブル』となった。

初めて社員の名前が番組名に入り、内部の人間からは驚きよりも納得の声が聞かれた。大下さん自身はおそらくそういうことで〝大喜び〟してはいないかもしれないし、その奥ゆかしさが大下さんの素敵なところでもある。

でもこの快挙はアナウンス部の後輩のひとりとして、本当に嬉しかった。

そして〝アナウンサー〟という仕事をつづけることや、〝テレビ朝日のアナウンサー〟として働くことの意義を、目に見える形で示してもらったと思う。

「女子アナ」ではなく「女性アナウンサー」としての大下さんの背中は本当に大きい。

そんなにも大きな人なのに、本番に向け黙々と準備する姿は誰よりも真剣で懸命に見える。その姿から準備の大切さも教わる。だから、大下さんは「インタビューの準備が大変でしょう！」と、そんなところも気にかけてくれる。

『グッド！モーニング』についてからの2年半。

運良く、そんな憧れの大下さんとお話しする時間ができた。

最初の出番を終えた朝6時前にアナウンス部の扉を開けるのが毎日の楽しみだ。

大下さんの隣でMCを務めている佐々木亮太アナと、3人でいろんな話をする朝の時間。

2022年12月2日、サッカー日本代表がスペインに歴史的勝利した朝。

サッカーが大好きな亮太さんはボロボロ泣き、大下さんはジャンプして喜び、涙していた。昼の番組につく前はスポーツの現場にも携わっていた大下さん。スポーツ好きの一面もあるのだ。日本の勝利も嬉しかったが、先輩ふたりの〝泣き顔〟を見られたことも大切な朝の思い出だ。

ある日の朝、モヤモヤすることがあり、心がざわざわしてやり場のない気持ちになっていた時のこと。そんな個人的な話をつい、してしまった。

「山本は大丈夫！」

大下さんのストレートな言葉が、心のモヤモヤをスッと押し出してくれた。

「大丈夫！」という言葉にいろんな〝大丈夫〟が含まれている気がして、今でもその時の大下さんの声が聞こえてくるくらい、全身に響いた。

「山本は大丈夫！」

そしてこんな朝もあった。

いつものようにあいさつした直後。

「きのうはプロの仕事をしました！」と前日のオンエアを見てくれていた大下さんが立ち上がり拍手をしてくれた。「プロ」という、今までで一番の褒め言葉に声が出なかった。

大下さんは決して多くを語らないが、私たちのことを本当によく見てくれている。

プロとしての自覚が芽生えるのが遅かった私は、「しゃべりのプロです」と胸を張って言えなかった。

でも大下さんのその言葉を聞いて、アナウンサーに求められる技術が1ミリでも身についたのだと思えて、私自身もアナウンサーとしての自分を認めることができた。

長くつづけていることだけがすごいのではない。長くつづけているのに、甘んじたり、手を抜いたりしない。絶対におごらない姿に、私たち後輩も視聴者も惹かれるのだと思う。

「いってきます」とアナウンス部の扉を開けると、大下さんと亮太さんが「いってらっしゃい」と言ってくれる。それが再びオンエアに向かう、私の毎朝のスイッチなのだ。

「数秒」のロマンとリアル

毎日スタジオにも出演する。5時台の森千晴キャスターと担当している『朝イチスポーツ&エンタ』、7時台の『エンタメワイド』と『エンタメ検定』。

5時台のコーナーでは、森キャスターと少しフリートークをしている。

「驚き」と「共感」を軸に、欲を言えばオチも考えながらの打ち合わせ。

時間が短いからこそ、誤解のない言い回しや短く伝わるインパクトのある言葉を吟味する。

それは、7時台のスタジオでのコメントでも同じだ。

たった一言、たった5秒でも、スタッフさんに相談して、一番良い一言を用意しておく。

『グッド！モーニング』は4時55分から8時まで、放送時間3時間以上の番組だ。見てくださる方の生活の時計にもなっているため、実は〝秒〟単位でコーナーの時間が決まっている。

その日のコーナーの時間配分にもよるが、ある日の例としては、「エンタメ検定のスタジオ20秒で、『43：45』までです！」とスタジオにフロアディレクターさんの声が響く。

これは「7時43分45秒までにコーナーを締めてください」という意味だ。

私も初めて『グッド！モーニング』のスタジオを見学した時に驚いた。「すみません、5秒押しました」と謝るアナウンサーの声。コーナーの時間が分単位のモーニングショーとは、まったく違う時間軸だった。

5秒押しても、どこかでその5秒を回収してもらえるので、放送に大きな影響が出るわけではない。それでもアナウンサーの意地としては、ぴったり収めることにプライドを持っているし、日々の自分への負荷でもある。

「5秒で伝えられることがあること」「5秒を埋めることが意外と難しいこと」。

これは『グッド！モーニング』にきて学んだことのひとつだ。限られた時間で自由に話しているように見せるには、緻密に考えることがとても大切だと学んだ。

笑顔で楽しく話すための準備と、数秒を妥協しないこと。

誰もが振り向く一言ではなくとも、その一言に責任を持ち大切にしたい。万にひとつでも、その一言が誰かの笑顔につながれば、そんな嬉しいことはない。視聴者を置き去りにしないチャーミングな一言がきっとお茶の間も明るくすると信じている。

エンタメ検定の最後には、スタジオでコメンテーターさんと20秒ほどのやり取りをする。もちろん台本はない。

ただ『グッド！モーニング』のコメンテーターさんは皆さん、人生経験も引き出しもユーモアも豊富な、最強の方たち！　そんな安心感の中で、冗談まじりに笑顔でコーナーを終える。オンエア後に、トーク中のやり取りのことで「よく気づいたなー！　気づいてくれて良かったよ！」とコメンテーターの川合俊一さんに言われた時は、芽生えた信頼感が確かなものになっていると思えた。

「40秒しゃべったのかと思うほど、今日は内容が詰まっていたし、面白かったねー」

るーさんにそんなことを言われた朝は、喜びとやりがいに満ちる。

数秒、数十秒を試行錯誤する朝はとても有意義だ。

と、ここまで述べた〝数秒〟の話は、少々ロマンティックな側面。

この〝数秒〟にはシビアな側面もあることをお伝えしておきたい。

数秒で人を笑顔にできるように、数秒で人の興味を失わせることもできてしまう。視聴率争いが激化する中で、そんな数秒はなるべく排除したい。各テレビ局のスタッフは皆頭を悩ませている。

「数秒で笑顔にできるように、数秒で人の興味を失わせる」

エンタメコーナーは冒頭に6秒のジングルが流れ、「おはようございます。エンタメワイドです。○○さんにインタビュー。○○について聞きました」と、私の顔が映り、お辞儀をしてVTRフリをしていた。

ある時、「この10数秒でそれまで見てくれていた人が離れるかもしれない」と、冒頭の部分をカットして、すぐVTRを流すことになった。

「おはようございます」――朝の番組でしか言えないこのあいさつが好きだった私は、『おはようございます』は言いたかったなー」と口走ってしまった。

るーさんからは『試しにやってみよう』と、いろんな人が集まって議論して決めたこと。もっとたくさんの人に見てもらうためだよ」とたしなめられた。

まるで自分の顔を映してほしいと言ってしまったみたいで、恥ずかしい気持ちになった。

「私に視聴者を引きつける魅力や人気がないからかー」なんてネガティブな感情まで生まれ、自己嫌悪。

でも、優先すべきは、私を見てもらうことではなく、番組を見てもらうこと。そのために自分がどんなパフォーマンスをできるか。手段と目的を間違えてはいけなかった。

頭ではわかっているし、もう32歳にもなるのに、そんなことで落ち込む。

「大丈夫。あいさつがなくても、雪乃ちゃんの存在感は十分あるから」と、るーさんには私の心が透けて見えていた。


たった数秒、されど数秒。そこにこだわることが、質の高い番組作りにつながる。

流動的なことにいちいち文句を言えるほど、私にはまだまだ実力も実績もない。

そして実績があれば、「言いたかったなー」なんて言わなくても、言わせてもらえる人になる。まだ自分がそこにいないだけ。これが現実だ。

だからとにかく私は、与えられた目の前のことを一生懸命やるだけなんだ！　勘違いするな！　…あれ……読んでくださる皆さんに向けて書いているのか、自分に向けて書いているのか……。「私の心の中を読んでもらっている」ということで、ご理解ください（笑）。

黒柳徹子さん

インタビューロケが始まった頃、チーフのるーさんと「目標は徹子さんだね」とふたりの中でそんな夢を掲げていた。ちょうど丸2年が経った２０２３年10月。ついに黒柳徹子さんへのインタビューが決まったのだ。

徹子さんが『窓ぎわのトットちゃん』の続編を出版されるということでインタビューの機会を得た。事前に本を読ませていただき、子どもの頃読んだトットちゃんの懐かしさ、そして大人になって感じられるものもあった。トットちゃんだからこその視点と表現。

徹子さんの伝え手としての素晴らしさと、語り継がれるべき激動の人生が詰まっていた。

他局からもたくさんインタビューに来ていたが、日本のテレビとしては私がトップバッターだった。私の前には中国のメディアが取材に来ていたのだ。

ここでも徹子さんの偉大さを感じる。

徹子さんの隣に座り、テレビカメラのセッティングまで少し時間があった。

事前に、徹子さんと面識のある坪井アナにアドバイスをもらっていた。

徹子さんとの写真。とても不思議な気持ちです。

坪井さんがくれたトットちゃんにまつわる情報で、ごあいさつのあと勇気を振り絞って話しかけさせてもらった。

「そうみたいね～」と徹子さんは笑顔で返してくれて、少しお話しできた。

それでも、まだセッティングまで時間がありそうだ。

ど緊張の私は、ニコニコ座っていることしかできず、キョロキョロしていた。

その時、たまたま見てしまったのだ。

徹子さんの目線の先にいた女性のスタッフの方が、徹子さんに向かって両手を上下に振りながら、少し面白い顔をした。すると徹子さんが、ニコーっと、首をすくめて、とってもかわいい笑顔を見せた。

なんてかわいいやり取りなんだ！

インタビューが始まってからも、徹子さんの周りにいらっしゃる方の温かいこと。自然に笑ってくれたり、私の質問に対してフォローを入れてくださったり、終わると拍手をくださったりと。

上品でナチュラルな優しさにあふれていた。

かわいらしい人柄はもちろんテレビからも伝わってはいたが、そばにいる方からの愛情や、皆さんが徹子さんのことが大好きだということは、誰の目からも明らかだった。

70年以上も第一線で活躍され、世代を超えて支持される才能をお持ちなのは周知の事実だが、身近な方からとても愛されている徹子さんを見て、徹子さんのご活躍の理由がすっと心に落ちてきた。

私は思い切って、インタビュアーの卵として、徹子さんにインタビューの極意を伺った。

『徹子の部屋』50周年を前に、こんなことを聞くのは私ぐらいかもしれない。

「私も習ったものではないので。ただインタビューした人が多いってだけのこと。この間ギネスというものをいただいたんだけど、1万2000何人って」

その頃徹子さんはギネス世界記録3度目の認定という偉業を成し遂げていたのだ。

2023年9月12日の放送回をもって、同一司会者によるトーク番組の最多放送1万2100回を迎えられていた。

「その時考えたんですけど、退屈しないものだな、と思いましたね。お話を伺って、私はよく『へぇ』とか『ほぉ』とか言うんですけど（笑）。面白いものだなって、お話を聞くというのは。だからいくら聞いても飽きるということはない」

「話を聞くのが面白くて飽きない」――徹子さんのインタビュアーとしての飽くなき好奇心が見えるシンプルな言葉が返ってきた。いろんな方のお話を伺えることは特別で貴重な経験だ。日々インタビューをしていると、ついつい、「あー緊張する。ちゃんとできるかな。あれを聞いて、これを聞いて」と、頭でっかちになってしまう。

でも根本にあるべきは、徹子さんの言う「話を聞くのが面白い」という楽しむ気持ちだと気づかされた。

たった2年半、まだ400回。徹子さんの1万2100回と比べると、赤ちゃんにもなっていない卵だ。改めて、テレビマンとして、インタビュアーとして、エンタメを自分が楽しむ心を忘れたくないと思った。

一番長くテレビに愛されている徹子さんとの20分は、身に余る光栄な時間だった。


「面白いものだなって、お話を聞くというのは。だからいくら聞いても飽きるということはない」

これからもピンクの人として

ここからの話は単なる私の妄想である。先にも言ったが、ありがたいことに現時点で、エンタメのインタビュアーはテレ朝アナウンス部の中では私だけだ。たった2年半ではあるが、さまざまな方にインタビューさせていただき、中には何度もお会いしている方も多くいる。

ほかにもあまたアナウンサーはいるので、私が何かで欠けても代わりの誰かで十分成り立つ。成り立つからこそ、油断できないし、譲れない。

そのためには「インタビュアーが山本雪乃なら受けるよ」と言われるまでになること。これが最終目標だ。そしてそれはテレビ朝日への恩返しにもなる。逆もしかり。

「あのアナウンサーのインタビューは嫌です」と言われたら損害になる。

テレビ朝日という看板を背負って仕事ができていることだけは、肝に銘じているつもりだ。その看板は重いプレッシャーでもあり、私だけでは得られない信頼感で自分を助けてくれる。

だからこそ、私にしかできないインタビューを追求していきたい。

書きながら顔が真っ赤である。

何度も言うが、代わりはいくらでもいて、誰かに代わっても、違和感があるのは最初だけ。そのうち記憶から消えていって、それが日常になる。

日常に溶け込む情報番組は、視聴者の皆さんの朝を少しだけ彩るけれど、溶け込んでは空気のように流れていく。

『モーニングショー』の代役を経験した時にも思っていた。代役をした自分にとっては特別な1週間で、終わっても噛み締めたいものだけれど、見ている人には、また日常が戻ってきて思い出されることはない。何度も見てもらえるドラマやバラエティーや音楽番組とは違う。

そんな中でも、あのインタビューは面白いからとチャンネルを合わせてもらえたら、録画して何回も見てもらえたら、と夢は膨らむ。


こんな夢も、「インタビュアーが山本雪乃なら」という偉そうな目標も、とんだ絵空事に思われるだろう。それでいい。そもそもこんな本を出せること自体、ここまで書いてもなお、夢想だと、自分も周りも思っているのだから。

誰にも打ち明けたことのないこの野心は、アナウンサーとして初めて掲げたものだ。

とはいえ、私を突き動かすのは、野心でも夢でもない。もっと自分の目の前にある。

インタビュー相手の笑った顔、スタッフさんの楽しそうな顔、見守ってくれる恩人や親友、そして家族の喜ぶ顔。願わくは、見てくださる方の笑顔も。

どんな時も、目の前の誰かのささやかな〝幸せ〟を一緒に作れる人でいたい。

これが私の本当の夢。そして人生のテーマでもある。


恥ずかしげもなく、こんなことが書けるなんて……どうやら、かなり浮かれていることは間違いなさそうだ。私は今、人生のピークを迎えようとしているのだろうか……。

〝ピンク〟が導いた〝ピーク〟(最後までくだらなくてすみません)。

自分の本を出すというワニブックスさんがくださったこの素晴らしい機会に心から感謝し、この先も、飾らず、嫌がらず、偉ぶらず、全力で目の前の仕事を頑張ることを誓います。

おわりに

最後まで読んでくださり、本当にありがとうございます。

今回ワニブックスさんからのご提案もあり、ほとんど手を加えることなく、〝飾らず〟、私の言葉だけで本を作らせていただきました。

ワニブックスの岩尾さん、小島さん、中野さんのお力添えに心より感謝申し上げます。

つらかった時のことを思い出し、恩人や家族、親友への感謝がこみ上げて、書きながら涙が止まらなくなることもありました。本当に幸せ者ですね。

そしてありがたいことに、この本を通して、みなさんとのつながりもさらに深まったと思っています。羽鳥さんとの対談もそうですが、32年をふり返れただけではない、かけがえのないひと時となりました。

また初めて、アナウンサーという仕事が自分の人生の中で大きなものになっていると も感じました。

これといって特技も趣味もない私にとって、「アナウンサーでいる時間」は達成感もときめきもくれます。


母にとっては、子どもや愛犬のアニー。

私にとっては、今はこの仕事。

なにかひとつでも愛情や時間を注ぎたいと思えるものに出会えたこと、感謝しています。


インタビューさせていただくみなさんの言葉や人柄に感激しては、自分の未熟さを痛感する毎日です。

それでも行き詰った時には、本に綴ったみなさんからの言葉が寄り添い、背中を押してくれる、私にとって〝心のよりどころ〟のような一冊になりました。

このような機会をくださったワニブックスの皆さまに感謝の気持ちでいっぱいです。


この先もひとつひとつの仕事を大切に精進します。

これからも山本雪乃をどうぞよろしくお願いいたします！

本当にありがとうございました。

山本雪乃 やまもとゆきの
1991年生まれ。岡山県出身。2014年に早稲田大学を卒業し、テレビ朝日入社。『熱闘甲子園』『日本人の3割しか知らないこと くりぃむしちゅーのハナタカ！優越館』『羽鳥慎一モーニングショー』などを経て、現在は『グッド！モーニング』『ナスD大冒険TV』に出演。『グッド！モーニング』ではピンクジャケットのインタビュアーとしても知られる。

ホップ！ステ——ップ！ピンク！

山本雪乃ができるまで

著者　山本雪乃

2024年4月10日　初版発行

装丁　森田直（FROG KING STUDIO）
撮影　野澤亘伸
日下将樹（カラーページテレビ朝日内、P206、208：文化工房）
ヘアメイク　エノモトマサノリ（カバー、撮り下ろし）
㖸絵美子（P140～P149対談）
スタイリング　久場麻美

協力　テレビ朝日
校正　東京出版サービスセンター
編集協力　後藤亮平（BLOCKBUSTER）
編集　小島一平（ワニブックス）

発行者　横内正昭
編集人　岩尾雅彦
発行所　株式会社ワニブックス
〒150-8482　東京都渋谷区恵比寿4-4-9えびす大黒ビル
ワニブックスHP　http://www.wani.co.jp/
（お問い合わせはメールで受け付けております。
HPより「お問い合わせ」へお進みください）
※内容によりましてはお答えできない場合がございます。

印刷所　株式会社 美松堂
DTP　有限会社 Sun Creative
製本所　ナショナル製本

定価はカバーに表示してあります。
落丁本・乱丁本は小社管理部宛にお送りください。送料は小社負担にてお取替えいたします。ただし、古書店等で購入したものに関してはお取替えできません。

ISBN 978-4-8470-7416-5

BENIIMO
TART

d

母の
おにぎりは
私のチカラの源！